Ser você

é ser raiz

Copyright© 2021 by Literare Books International
Todos os direitos desta edição são reservados à Literare Books International.

Presidente:
Mauricio Sita

Vice-presidente:
Alessandra Ksenhuck

Capa e diagramação:
Gabriel Uchima

Consultoria de escrita:
Central de Escritores, Rose Lira,
Gabriella Maciel Ferreira e Pedro Castellani.

Revisão e preparação:
Ivani Rezende

Diretora de projetos:
Gleide Santos

Diretora executiva:
Julyana Rosa

Diretor de marketing:
Horacio Corral

Relacionamento com o cliente:
Claudia Pires

Impressão:
Impressul

**Dados Internacionais de Catalogação na Publicação (CIP)
(eDOC BRASIL, Belo Horizonte/MG)**

C319s Carroll, Julie.
Ser você é ser raiz / Julie Carroll. – São Paulo, SP: Literare Books International, 2021.
14 x 21 cm

ISBN 978-65-5922-039-7

1. Literatura de não-ficção. 2. Autoconhecimento. 3. Família. I.Título.

CDD 158.2

Elaborado por Maurício Amormino Júnior – CRB6/2422

Literare Books International.
Rua Antônio Augusto Covello, 472 – Vila Mariana – São Paulo, SP.
CEP 01550-060
Fone: +55 (0**11) 2659-0968
site: www.literarebooks.com.br
e-mail: literare@literarebooks.com.br

Ser você

é ser raiz

Eu quero dedicar este livro ao único e verdadeiro amor da minha vida, Bill, e aos meus maiores tesouros, os meus filhos Tommy, Júlia e "Joy" (minha cachorrinha); por meio deles, reencontrei as minhas raízes.

Dedico este livro também a todas as famílias do mundo. Às minhas famílias, biológica e adotiva. Famílias unidas, famílias rompidas, famílias interrompidas, famílias reunificadas e famílias em construção pelo mundo afora, que ainda continuam em busca de suas raízes e que não desistem de viver a sua essência.

Julie Carroll

AGRADECIMENTOS

Quero agradecer primeiramente a Deus, por ter me dado a luz da vida e a chance do renascimento. Sou grata por ele de ter me dado essa chance de viver com a garra que tenho. Sou grata a Deus por ele ser tão magnífico e tão esplêndido; fica difícil colocar em poucas palavras a importância que Ele tem para mim.

Sou grata à minha mãe, por ela ter me dado a vida; sem ela, eu não teria nem seria raiz, nada existiria e eu não deixaria o meu legado. Sou grata à minha irmã Juciene, pois foi nela que encontrei o abrigo para não deixar a plantinha morrer, me fortalecendo até que eu criasse raízes.

Sou grata às minhas irmãs Juissilma, Juscelena, Janice e a irmã adotiva Danielle, que foram as minhas heroínas tais como as de filmes de Hollywood. Quando eu era criança e adolescente, elas ensinaram lições duras, mas lições importantes para a vida. Essas lições me transformaram em quem sou hoje. Sou um ser humano melhor porque aprendi com elas que o mundo é melhor quando a visão é mútua. E aprendi também que a visão vem com a compaixão, e foi nelas que eu me inspirei a ser esta mulher forte e determinada que me tornei – as minhas irmãs são as minhas raízes.

Sou grata ao meu pai biológico, Eduardo, pela vida e por ter me dado os meus irmãos Elivane e Juilsson. Apesar de conviver pouquíssimo com eles, puderam me ensinar que a vida é assim, feita de oportunidades que são criadas. Também ao irmão adotivo Rogério. Nos três, encontrei apoio para nunca desistir de viver e buscar uma vida melhor. Os meus irmãos são exemplos de que a vida gira como uma roda-gigante e estamos todos interligados – algumas vezes estamos no topo e podemos ver a vida de maneira diferente.

Sou grata a meu outro pai, que cuidou de mim enquanto pequena e que ensinou tantas experiências de grande importância, coisas tão significativas ainda hoje, foi o "pai Jorge", que fortaleceu a planta para que a mesma suportasse os ventos e as turbulências.

Sou grata à minha madrinha, Perpétua, mulher extraordinária que me ensinou o quanto as raízes são importantes para o desenvolvimento da sociedade.

Sou grata à Central de Escritores, sou grata à Rose Lira, a quem eu chamo de Rose Linda e sou grata à Gabi, por ter tido paciência comigo e ter explorado o máximo do meu potencial para que este livro pudesse acontecer. Por meio deles, o meu melhor foi extraído e pude mostrar realmente o quão profundas são minhas raízes.

Sou grata à minha cunhada Izabel, um anjo enviado por Deus para que eu pudesse deixar minhas memórias eternizadas, me inspirando a escrever um livro sobre algo. A ideia original era um livro sobre viagens e lugares por onde eu havia visitado em todo o mundo. Mas aí eu disse a ela, "mas poxa, viagens, Bel, é muito comum". Eu queria algo que representasse a minha essência, e aqui escrevi algo mais profundo – tão profundo que até alcançou as minhas raízes.

Ela também foi um marco para minha reconexão com Deus e para acender o meu lado espiritual. Quero deixar um obrigada em especial a todas as mães do mundo, mães de fé e de pouca fé.

Julie Carroll

Quero deixar enraizado aqui a fé da Senhora Luzanir Lima, mãe de tanta fé, que acreditou que Deus poderia curar o seu filho do câncer.

Quero agradecer também aos meus sobrinhos, sobrinhas e afilhados(as), pois são pelas pequenas raízes que uma grande raiz é fincada no solo, sou grata por ter sido escolhida para compartilhar a história de cada um.

Quero agradecer também às minhas tias e aos meus tios que, por muitos e muitos anos foram, de certa forma, a sombra para que eu pudesse chegar até aqui, com a minhas irmãs – muito obrigada, tia Lucy.

Quero dedicar também às minhas amigas (BFF's), citadas não necessariamente em ordem no meu coração: Fernanda (Nandinha), Auri, Rejane (Naninha), Lila, Nancy, Simone, Graça, Silvia, Fatima, Helena, Euzeni e Angela, aquelas que foram o suporte de apoio emocional para mim e também as minhas outras irmãs e amigas de viagens, amigas de longa jornada, as amigas de infância, Erika, Pequena.

(Oralcir) e Neném (Oralzene), quero agradecer às amigas da maturidade, amigas de carnavais, amigas de festas e baladas, aquelas amigas que estão ali sempre à procura de manter as raízes, embora algumas delas não tenham conseguido, por algum motivo ou outro, manter a plantinha da amizade viva, como Magge, Márcia e Dani.

Sou grata à Dra. Linda Circus, porque foi por meio dela que encontrei forças para sobreviver e salvar o meu casamento durante as depressões pós-parto que eu passei na vida. À minha psicóloga PhD foi o meu centro, foi a ponte que ligava o emocional e o racional; por intermédio dela, enxerguei as coisas possíveis da vida e pude ver a vida por um ângulo mais sábio.

Sou grata aos amigos Chuck e Rafa; por vocês, conheci meu esposo e grande amor da minha vida.

Sou grata também pela família Delta Airlines – que tanto me trouxe aconchego e deu tantas possibilidades de conhecer o resto do mundo. Por meio dela, os meus horizontes foram ampliados de formas inexplicáveis. A minha família Delta traz o mundo todo sendo raiz em um só lugar.

Sou grata ao meu mentor, Dr. Paulo Vieira, ao meu *Master Coach* George, à minha consultora Patricy; por intermédio deles e da família Febracis, o meu mundo está sendo ampliado de forma inexplicável e, assim, poderei deixar a minha missão para mulheres e casais expatriados nos Estados Unidos.

Eu sou grata ao Thomas, meu cunhado. Ele foi a base para manter os laços de amor e origem da família Carroll, permitindo-nos estender a raiz Carroll ao mundo. Meu cunhado, amigo fiel, com o coração cheio de amor para ser doado, um exemplo de homem para a sociedade, sempre cuidando da saúde de outros para uma vida melhor. Tenho certeza de que os seus pacientes são cuidados com zelo e humanidade, porque ele serve à sua missão sem desprezar a sua verdadeira essência de ser humano.

Professor Saraiva, sinto-me também honrada e grata pelo o seu prefácio neste livro. A sua mente é um baú de sabedoria de qualidade e de grandes realizações!

Julie Carroll

PREFÁCIO

Julie, escrever não só nos fascina, como favorece o compartilhamento com os leitores as nossas vivências, experiências e visão de mundo. Quando escrevemos, abrimos a alma para alguns que nos conhecem e nos admiram, mas também somos corajosos e ousados para com os leitores que não nos conhecem. Tenho certeza de que sentimentos idênticos te invadiram a alma e que não foi fácil escrever um livro e que foste movida por inspiração e transpiração.

Escreveste sobre muitas coisas e fatos que te aconteceram ao longo da vida e que te marcaram para sempre, deixando em tua alma imagens que te impressionaram na infância, nas tuas andanças em muitos países, junto a tua família, amigos e clientes, sem obedecer a uma lógica cartesiana na escolha dos fatos, uma vez que entendo que sentimentos e vivências não obedecem a estímulos premeditados.

Fica claro ao leitor que analisas as pessoas com os olhos de quem já viveu e estudou para entender que somos os únicos, que podemos fazer a diferença em nossas vidas, por meio de atitudes positivas e reprogramação de nossas crenças. Fica claro que não te surpreendes com atitudes de muitos que se deixaram levar por crenças limitantes e que abortaram inúmeros sonhos por acharem que muitos deles eram grandes demais para eles, em vez de surgirem como fonte de inspiração que os leva a experimentar um novo olhar.

Ser você é ser raiz

Concordo quando afirmas ao longo do livro que somos raízes em movimento e que nossa vida obedece a ciclos. Os caminhos percorridos conferiram-me sabedoria e experiência para afirmar que o prazer de viver não se compra e não se encontra facilmente nos quatro cantos do mundo. Com o tempo, aprendemos que a felicidade não consiste em ter riquezas e poder acreditar que um estado de alma e um estilo de vida abundante podem nos conduzir ao nível que desejarmos, pois até parece que não somos totalmente responsáveis por isso.

Verdade que somos eternos viajantes, seres imperfeitos e inacabados e em contínuo processo de aprendizagem, vez que somos cheios de falhas e limitações e que devemos aprender com elas. Precisamos nos dar a oportunidade de acreditarmos que as pessoas, as experiências, crenças, medos e lembranças podem nos conduzir a novos caminhos, experimentar novas sensações e acreditarmos em nossas potencialidades. Longe de nós a crença limitante de acharmos que não crescemos na vida por falta de oportunidade e não temos tempo suficiente para realizarmos nossos melhores sonhos.

Em teus relatos deixas claro que tens plena convicção de que travamos um diálogo conosco, com a vida e como gostaríamos que as coisas acontecessem. Tudo que escreves desnuda pensamentos íntimos e retrata momentos captados pela máquina fotográfica do tempo que viste, sentiste e viveste. Hoje tens a convicção de que cada um de nós tem uma história para poder viver com incertezas e contrastes e que precisamos entender que as quedas são marcas de nossa vulnerabilidade humana e que as retomadas fazem a grandeza da vida rumo a uma felicidade interior.

Por último, quero externar minha gratidão por teres me proporcionado o imenso privilégio e alegria de apresentar aos teus leitores um livro que tão bem se intitula de *Ser você é ser raiz*, remetendo-nos a uma grande verdade. Nunca percamos a nossa essência, cuja base tem origem no passado, nas lendas, nos sonhos e nos desejos profundos do ser.

João Bezerra Saraiva

- Bacharel em Comunicação pela UFC;
- Especialista em *Marketing* pela UNIFOR;
- Mestre e Doutor em *Coaching* pela FCU – Florida Christian University;
- Pós-doutorado em *Business Administration* pela FCU;
- *Master Coach* – Professor – Palestrante.

Autor dos livros:

- *70 anos em verso e prosa;*
- *O coaching executivo;*
- *Coaching numa visão multidimensional;*
- *Visão, estratégia e gestão – O tripé do sucesso do empreendedor;*
- *Conta lá que eu conto cá;*
- *Magistério ontem, hoje e desafios do futuro;*
- *Os anjos também erram – Os desafios da Igreja Católica;*
- *Melhor do que sonhar é realizar – Os idosos concretizam sonhos.*

Sumário

PRÓLOGO
15

1
QUANDO A PLANTA PERDE RAÍZES
25

2
QUANDO O SONHO E O MEDO SE ENRAIZAM
49

3
QUANDO NÃO HÁ SOLO FÉRTIL
75

4
QUANDO HÁ FLORES NO CAMINHO
105

5
QUANDO AS RAÍZES ENCONTRAM SEU LUGAR
143

6
QUANDO AS RAÍZES GERAM FRUTOS
175

EPÍLOGO
199

GALERIA DE FOTOS PROFISSIONAIS
205

SOBRE A AUTORA
212

GALERIA DE FOTOS DE YOGA
215

PRÓLOGO

> Se eu não sorrir, mesmo nos dias de dificuldades, venho a perceber que tem alguma coisa muito séria acontecendo na minha vida. O sorriso deixa a alma leve e alimenta as raízes para continuar a jornada do crescimento.

Gratidão!

Assim que abro os olhos, todos os dias de manhã, essa é a primeira coisa que passa pela minha cabeça e, antes mesmo de levantar e me dar conta de onde estou, eu agradeço a Deus. Olhando ao redor, percebo, então, o ambiente a minha volta e vou, aos poucos, reconhecendo cada parte daquele espaço, um espaço que é tão diferente de onde vim, um espaço que me identifico, que reflete o que sou hoje, que é meu e, no qual, finalmente firmei novas raízes.

Ainda na cama, vejo um quadro na parede à minha frente da *selfie* que fiz com meu esposo em Paris, com a icônica e romântica Torre Eiffel ao fundo da imagem. Para o quadro, podemos olhar todas as noites antes de dormir e lembrar os muitos momentos alegres, pois foram poucos os dias que não foram felizes durante os seis anos que estamos morando nessa casa. Porém, também não me refiro somente a minha casa, mas sim, a minha história, as circunstâncias em que criei a minha família.

Ser você é ser raiz

Levanto-me da cama, passo pelos móveis do quarto, chego até a bancada da lareira, onde estão lembranças marcantes de meus filhos quando eram pequenos. Na bancada da lareira, ficam fotos deles de quando eram crianças. Muitas lembranças que coleciono.

Digo assim, porque nunca tive a chance de fazê-lo antes, não tive a oportunidade de catalogar lembranças boas do meu tempo de criança. Guardo memórias de quando viajo em alguns lugares do mundo e os cartões que ganho de meu esposo e mantenho com carinho. Meu esposo adora dar cartões no dia dos namorados, dia das mães, nas datas comemorativas, e eu guardo todos os cartões nessa bancada da lareira, que é praticamente inutilizada, por conta do clima quente do sul dos Estados Unidos, mas que é um ótimo lugar para me lembrar das coisas boas que vivi e que guardo até hoje. A televisão pousa esquecida, já que, assim como a lareira, também quase não ligamos, nem eu nem meu esposo, que, apesar de ele amar televisão, assiste apenas do lado de fora do quarto, porque dentro é o nosso espaço, que guardamos somente para nós.

Passo pela porta do meu banheiro – cada um tem um banheiro, um de cada lado, como se espelhados, grandes e cheios de mimos pessoais, com direito a *closet*, um chuveiro, uma pia grande, uma banheira, que uso com todos os sais de banho que posso, nos finais de semana, e uma sauna. Eu me perco focando na imagem que o espelho comprido mostra de mim mesma: mulher, de estatura mediana, pele amarela, magrinha, porém, com o pescoço alongado, trazendo cabelos loiros, lisos e compridos, que pendem um pouco abaixo do ombro, um rosto em formato de coração, com um queixo proeminente e acentuado, que sustentam bochechas também acentuadas, um nariz afilado e uma boca carnuda, tudo isso emoldurando os olhos. Olhos puxados e amendoados que, tão profundos, guardam intimamente sua alma.

Alma que, ao pensar melhor e tentar descrever, considero-a brincalhona. É uma alma que gosta de brincar e se descontrair, alma sorridente – tenho que sorrir todos os dias, o sorrir é essencial. Nos dias em que o corpo não sorri, sei que há algo de errado com a alma. Uma alma com esperança, perseverança e resiliência, que precisa ser bem alimentada com bons pensamentos. Alma que teve que ser transformada ao longo dos anos para ser feliz. Pois este era o único caminho. O caminho da felicidade e dos sonhos – uma vida sem sonhos nem é mais vida.

Porém, assim como me vejo no espelho e me percebo dessa maneira, sei que há outras pessoas, fora de mim, fora daquele espaço, que possuem suas opiniões sobre mim. Eu sou uma pessoa leve e direta – e aprendi que jamais serei perfeita, pois ser vulnerável também é fortalecimento e aprendizado para o crescimento.

Não gosto de rodeios e não sou de dar recado nas coisas que me incomodam, converso o que precisa ser conversado e acho que é assim que me veem, como já disse, jamais serei perfeita. Alguns podem me achar um pouco agressiva na maneira com que me expresso. Já ouvi coisas do tipo "você é muito direta". Não. Sou *straighforward*[1], faz parte da minha cultura de americana. Uma cultura, da qual me orgulho de dizer que pertenço.

Pertenço ao crescimento e estou em constante evolução. Sem evolução, não há conquistas.

Há quem diga até que sou fria por conta disso, porque, quando não estou feliz, eles realmente sabem que não estou

---

[1] Termo em inglês que designa uma pessoa direta e sincera.

feliz, e houve sim um momento em minha vida, pensando bem, em que tinha picos de emoções, e para isso foi importante a evolução da alma, do espírito de menina e de mulher resiliente que me tornei, foi um processo gradativo de evolução, porém muito rápido aos olhos da percepção.

Porém, gostando de me doar ao tempo presente, acredito apenas que eu seja alguém que transparece. Sou transparente com meus sentimentos. Somente percebendo os verdadeiros sentimentos, seremos capazes de grandes mudanças, quando há omissão destes sentimentos, eles viram fraudadores da felicidade.

A cortina balança à minha direita, algo me chama a atenção do lado de fora, e volto mentalmente ao quarto em que acordei. A porta da varanda deve estar aberta! Vou até a varanda, que faz parte de uma estrutura de casa suspensa em que dá para ver, pelas várias paredes de vidro distribuídas ao longo do quarto, a floresta de Atlanta. Nossa, como eu adoro meu quarto! Tão diferente do quarto em que eu cresci – penso de repente.

Ainda surpresa pela lembrança súbita, observo a paisagem verde pela fresta da varanda. Em um milésimo de segundo, sou levada pelos pensamentos e, em minha cabeça, passa rapidamente um filme da minha história. Enquanto as imagens se revelam rapidamente, percebo que nunca pensei muito sobre isso, não possuo muitas lembranças de infância, houve um grande bloqueio em minha mente para que eu preservasse minha essência de espírito leve... nunca, em todos esses anos, no lar que construí, com tanto carinho e dedicação, parei muito para pensar nas coisas do passado.

Na verdade, eu sempre tentei compartimentalizar as minhas lembranças. Como em caixas, mesmo as lembranças boas, em uma caixinha fechada, que posso acessar quando quiser, e as lembranças ruins, em outra caixa, também fechada, que nunca tive a necessidade de abrir. Decidi não abrir para evitar dores e sofrimentos. Aprendi, ao longo dos anos, que não faz bem à alma viver no passado, pois isso causa nostalgias; o passado é história que jamais poderá ser mudada. Vivo o agora, o presente, porém cheia de esperanças de que o futuro será lindo.

Sei que o futuro é inevitável, e sei que será lindo, já que estou construindo minha jornada de transformação da vida.

Ainda com esse sentimento de busca das memórias, consigo formar, aos poucos, imagens de um cenário perdido há muito nas caixas fechadas do meu inconsciente. Cenas vêm à tona de uma casa grande e bonita, perto do mar, pelo que consigo lembrar – mas dizem que, quando crianças, nossas proporções são gigantescas e nem sempre confiáveis, e eu devia ter em torno de seis anos; lembro dos seis compartimentos grandes e espaçosos. Embora fosse uma casa farta, muito farta, era, ao mesmo tempo, simples, localizada no Brasil. A fortuna e abundância na vida de uma criança também têm proporções gigantescas e, no final das contas, ela não precisa de muito para ser feliz; talvez, somente o amor seja capaz de sanar as necessidades durante a infância.

Ser você é ser raiz

Logo a memória dá um salto e vejo a segunda casa, de muitas que ainda passariam, a de minha irmã mais velha, uma pessoa-chave na minha vida, essa menor que a antiga, bem pequena, cerca de cinco compartimentos, contando sala, cozinha, banheiro e quartos. Tinha um quintal espaçoso com pés de cana-de-açúcar e uma grande mangueira que, assim como a floresta é hoje, foi a minha vista da janela naquele tempo, até mais ou menos doze anos de idade.

Nesse exato momento, você pode estar se perguntando qual o sentido, depois desse tempo todo, de abrir essas caixas que escondia longe de mim e partilhar com você. Para entender minha ânsia, você precisa entender que essa é uma história sobre perdas e superações, essencialmente.

A história que começo a contar para você agora é sobre uma infância turbulenta, causada por uma sucessão de eventos. A perda de familiares, a perda da noção de família estruturada, a perda de segurança, a perda do lar, dentre tantas outras coisas que me fizeram sair em busca de uma vida diferente – digo que a "vida diferente" é a procura da abundância e do amor, para alimentar o espírito do "eu-menina". Era, na verdade, sair em busca de viver um sonho bom e acabar com o pesadelo que vivia.

Aprendi com minhas vivências que o caminho é tão importante quanto o destino. A minha psicóloga me disse uma vez: "Ju, não importa o ponto de partida, mas sim o ponto da chegada." E isso é algo que precisamos ter sempre em mente. As turbulências são necessárias na viagem porque nos deixam mais fortes, porém se houver a esperança, me atrevo a dizer inclusive, que nos trazem poderes. O poder da resiliência, o poder de superação, o poder de conseguir lidar com as situações difíceis e o poder de formar novos vínculos saudáveis, de firmar as próprias raízes, tudo isso são coisas que aprendi com minhas experiências, tudo isso me trouxe até aqui, me fez ser o que sou hoje. Uma mulher forte e determinada como a fortaleza que eu nasci, bondosa, carismática, resiliente, amável e livre e solta, como uma borboleta.

Agora, depois de refletir sobre todas essas questões, percebo, claramente, que, ao começar uma nova vida, eu gosto de pensar que deixei, para trás, meu passado. Mas, na verdade, nada fica completamente para trás, foi exatamente este passado que me inspirou a não me transformar no vazio, e sim mudar o meu destino. O passado fica onde lhe pertence: no passado; como costumo dizer, *move foward*[2].

Escrever sobre minha história, falando de tudo que passei, de tudo que perdi quando criança, de como precisei sonhar e buscar um novo solo fértil para plantar minhas sementes, até chegar a construir um legado para deixar para meus próprios frutos, meus filhos, escrever assim exatamente como estou falando com você, como numa conversa íntima, é um processo de mostrar, a mim e a você, que existe esperança. A superação não vem sem trabalho, ela vem de construção. As transformações são essenciais para o amadurecimento, elas vêm com a aceitação de que tudo pode ser melhorado quando se sonha grande e se aprende com humildade.

Escrever sobre isso é para mim uma forma de agradecer. Afinal de contas, a palavra da minha vida é gratidão. Eu peço proteção, peço saúde, em uma vida rica em todos os sentidos, sendo a riqueza capaz de transformar vidas, pois aprendi com a minha cunhada, comadre, amiga e mentora da vida, Bel, que

---

2 Termo em inglês que significa siga em frente, muito usado em situações em que alguém precisa superar alguma dificuldade.

Ser você é ser raiz

Deus gosta que a gente peça, Ele gosta que dependamos Dele, mas depois também aprendi o valor de agradecer.

Abro a cortina do quarto agradecendo mais uma vez pelo ciclo da vida, que me possibilitou perder, para que pudesse ganhar, perder raízes, para firmar novas, para que pudesse florescer e gerar frutos ainda mais fortes.

Mas como foi todo esse trajeto?

Vou lhe contar, mas antes respiro fundo o ar que vem da floresta.

1
Quando a planta perde raízes

"E tudo o que não é abundância na sua vida é disfunção.
E toda disfunção deve e merece ser tratada."

Paulo Vieira, *O poder da ação*

CAPÍTULO 1 | QUANDO A PLANTA PERDE RAÍZES

Agora, com as cortinas de minha mente abertas e meu coração tranquilo e curado, posso lhe contar como cheguei até aqui na floresta encantada. Como foi a minha trajetória partindo de um início difícil até o momento atual de superação. Espero que a minha história possa de alguma forma inspirá-lo a ser raiz.

Toda história tem uma origem. A minha começa com lembranças turbulentas. Na verdade, a minha infância inteira é permeada por essas turbulências. Hoje, quando faço viagens com minha família, eu gosto quando o avião passa por turbulências. Quando ele se treme todo, me faz dormir. Aprendi a lidar com elas e tirar delas o melhor – somente quem aproveita o melhor, é capaz de criar o magnífico.

> Depois de tantas experiências ruidosas, me sinto confortável quando passo pelas agitações, que são aspectos normais daquele que vive a vida com compaixão e com resiliência e tira como exemplo para sair dos desafios.

No entanto, para falar a verdade, algo que tiro de letra, tiro de boa, acredito que sinto assim porque aprendi a me fortalecer ao passar por elas, ou ao contrário, quando elas passam por mim.

A experiência mais turbulenta de minha infância foi quando descobri a infidelidade passeando em meio a minha família. Antes disso, muito já tinha acontecido com a pequena Julinha – como me apelidou minha mãe desde sempre.

Buscando, agora, vejo com clareza a cena: mamãe preparando o almoço, mexendo na cozinha, o cheiro da sua comida e o tilintar do cabo da colher nas panelas. Não sei exatamente o momento em que o rádio deu a notícia da morte do meu irmão, nem mesmo o barulho do rebuliço da casa foi o suficiente para não ouvir a dor de mamãe caindo no chão. Ela caiu e eu, debruçada sobre ela, falava sem parar, "mamãe, mamãe, acorda, acorda", mas ela não se mexia. Estávamos eu e minha irmã de poucos meses de nascida assistindo à cena. Eu corri imediatamente na vizinha, para ela me socorrer. Depois soubemos, ela havia tido um infarto e foi para o hospital, não pôde ir ao enterro do próprio filho.

Para falar a verdade, a morte do meu irmão não foi algo de muito impacto na minha vida. Lembro-me do *flash* do momento do infarto de mamãe, porém foram tantas coisas ao mesmo tempo, perdas sequenciais que provocaram muitas dores profundas. Logo após tudo isso, veio a separação de meus pais, que foi algo que me afetou bastante. Foi nesse momento que começaram as mudanças na minha vida, fui morar com minha irmã mais velha, a minha segunda mãe, foram tantas turbulências que não deu para sentir tudo separadamente, era como se tudo estivesse sendo entregue em um mesmo pacote. Foi tudo muito intenso, eventos muito próximos. Quando hoje lembro dessas cenas, acho engraçadas essas peças que o tempo resolveu me pregar, não me deixou nem ao menos digerir as coisas; elas apenas.... iam acontecendo e *keep moving*[1]! Se eu parasse? Parar simplesmente não era uma opção, o avião tinha que continuar voando mesmo em meio a turbulências.

Outra cena marcante em minha vida foi quando minha irmã do meio descobriu que havia infidelidade na nossa família. Ainda tinha seis anos, na verdade muita coisa aconteceu enquanto tinha seis anos.

A infidelidade foi descoberta por minha irmã, a notícia se estendeu até a mim que, como criança muito pequenina, mal sabia o que significavam termos como: infidelidade, amantes e afins. E entre as irmãs, planos mirabolantes perpassavam as mentes em busca de resolver a situação sem que um dos cônjuges, que sofreu a traição, soubesse do ocorrido.

A ficha não tinha caído ainda na minha pouca experiência sobre amantes. Nada daquilo fazia sentido. Fomos na casa da terceira pessoa envolvida e minha irmã ordenou, decidida, que eu ficasse do lado de fora, de vigia, e que a avisasse, caso alguém estivesse chegando.

"Mas como que você foi fazer uma coisa dessas, entrar na casa de alguém sem permissão?", questionei minha irmã, na minha inocência de criança. Mas ela tinha uma boa justificativa. "Nossa família não merece isso, estamos sofrendo escassez por causa

---

1 Continue andando, vá em frente.

dessa situação". Eu reconheço hoje que aquela era a sensação de fazer a justiça para com a mamãe. Hoje entendo que o amor é algo mais profundo – o amor sente a precisão de fazer justiça.

Até que chegou o momento em que todos ficaram sabendo, o dia D da tomada de decisão. Alguém tinha que sair de casa, e saiu quem traiu.

Nossa casa não era mais a mesma, talvez nem fosse mais tão grande quanto me lembrava de início. Fui morar com minha irmã no Conjunto Ceará – bairro da cidade de Fortaleza, Ceará, Brasil – a primeira e maior mudança em minha vida, mudou tudo, foi como tentar encaixar-me em outra família, ela e seu marido, meu cunhado, receberam muitas cargas. Ele viajava muito a trabalho, ia com frequência para outros municípios.

Dois filhos, a mãe e duas irmãs pequenas para cuidar. Era muita coisa para minha irmã mais velha administrar, contando que às vezes ela ficava muito nervosa – nessa época, ainda apenas no início dos seus 20 anos! Uau! Quanta responsabilidade! Hoje entendo. Nós, crianças, éramos corrigidas, formas usadas por famílias daquela época, frequentemente por ela e o meu cunhado. Hoje, para mim, tiro de boa, entendo até, era muita responsabilidade e peso sobre ambos. Mas, na época, eu ficava magoada, claro.

Qual a criança que gosta de ser corrigida?

Ficava triste. Mas sentir o perdão dentro da alma faz descarregar tudo aquilo que não contribui para o crescimento espiritual.

Mas tudo isso serviu para o meu amadurecimento e para refletir o quanto é difícil educar filhos, temos que ser fortes e preparados constantemente. Hoje sei disso e sou grata por tudo que vivi ao lado dos meus pais adotivos. Afinal, a educação que recebemos precisa ser filtrada, levando em conta contextos, gerações, situações, entre outros, e assim decidirmos o que vale a pena repetir e o que não queremos que se repita. Foi como quebrar um ciclo de manias e costumes.

> A enorme necessidade de quebrar ciclos viciosos da infância turbulenta me acompanhou por muito tempo.

Meus filhos são criados com muito amor, proteção, e com o máximo de paciência, disciplina e limites, não significa que jamais perdemos a linha, somos pais que fazemos de tudo para manter o casamento sólido, como é hoje. Toda essa turbulência é algo que ficou no passado. Hoje toda a relação com a minha família é algo tranquilo em minha vida, perdoei a quem precisava de perdão e me (re)aproximei de todos. Obviamente, eu tive que me deitar no divã da minha psicóloga por muitos anos e até hoje ainda faço terapia para melhorar o meu ser.

Depois de algum tempo, tudo se encaixou com harmonia e evolução, encontrou o seu lugar e espaço. É tanto que, quando me casei, entrei na igreja com os dois pais que tive em minha vida: meu pai biológico e meu cunhado. Isso se chama harmonia.

Meu cunhado fez seu papel de pai comigo porque as memórias boas que tenho, de andar de bicicleta, de aprender a ler e a escrever, era ele que estava lá. Ele me colocou em escolas boas, escolas particulares, onde meus sobrinhos estudaram e foram, eu fui também. Não havia diferenciação entre a gente, o que ele dava a eles, também dava a mim. Tenho ele como um pai, mesmo que meu outro pai (biológico) ficasse um pouco enciumado, é natural. Meu pai faleceu aos meus 32 anos.

Sinto falta de não poder dar-lhe o que não tive, que foi o amor e uma vida abundante, de experiências em um lar de paz, calmaria e alegrias.

Nós estamos acostumados a entender família como algo imutável, lugar onde nascemos, sem outras opções possíveis. Mas, na minha vida, eu encontrei uma família nova dentro da família da minha própria família, a família da minha irmã. Tive que aprender a redefinir os papéis que cabiam a cada um na minha vida, logo cedo, ainda criança. Achei uma família substitutiva. A minha irmã tornou-se minha mãe adotiva; meus sobrinhos eram como irmãos para mim. Éramos sete quando crianças; então, os meus dois sobrinhos, somam nove irmãos ao todo. Foi uma reconstrução completa na infância, no novo ambiente em que fui inserida.

Dessa família que me foi tomada, tenho também um irmão que desapareceu. Eu tinha apenas um ano, então, ainda não tinha uma forte conexão com ele, não me lembro bem dele, para falar a verdade. Lembro que ele sumiu, que meus pais gastaram muito dinheiro para localizá-lo, mas que nunca foi encontrado.

Hoje, como mãe de dois, não posso imaginar a dor que a mamãe passou. É algo imensurável: a dor do vazio, a dor da responsabilidade, a dor da culpa, a dor por não ter sido cuidadosa o suficiente para proteger todos os filhos.

Talvez essa perda tenha sido o início do descontentamento da vida da minha mãe querida. A partir desse momento, dessas duas grandes perdas, desencadearam-se uma série de problemas de saúde na sua vida – com isso, ela deixou de viver seu verdadeiro papel de mulher, mãe e esposa. Foi se deixando ser tomada pela dor.

De tudo que aconteceu na minha infância e, a essa altura, você já deve ter percebido que muita coisa aconteceu, disso tudo, a experiência mais dolorosa foi quando minha família de origem se desfez. Ainda me emociono quando abro a caixinha dessas memórias, acho que porque foi uma grande dor para mim. Meu mundo desmoronou, tudo junto, como um terremoto que vai devastando e arrancando raízes, com toda a grande força da Natureza.

> Quando seu mundo desmorona, também é quando você aprende a reconstruir. Para isso acontecer, você deve sentir a esperança no fundo da sua essência e a certeza de que tudo vai passar.
> E algo mais lindo e diferente brotará.

Foi exatamente nesse momento de minha vida que percebi que não podia deixar de sonhar. "Tem sempre uma luz no final do túnel", é algo que as pessoas dizem e descobri que é verdade. Mas, para a luz surgir, é preciso manter a esperança, não se pode perder o foco.

Ser você é ser raiz

Quando estou em um avião, percebo que isso é verdade. Como já mencionei, isso tudo que aconteceu é como se eu estivesse vivendo uma tempestade, passando por uma grande turbulência no ar; quando há a despressurização do avião, você sente de novo a estabilidade. Focar em chegar ao solo é algo fundamental nesse momento do voo.

Sempre acreditei que uma criança precisa de anjos. Precisamos de um anjo para nos espelhar, mesmo que esse anjo não esteja ao nosso lado, temos que buscar olhar para as pessoas, buscar modelos positivos. Se você é uma criança, tem que ter um "herói", não precisa ser um super-herói, mas toda criança deve ter um herói de quem possa aprender virtudes. Quando eu era pequena, me inspirava na Mulher Maravilha. Eu pensava assim: "Essa Mulher Maravilha é forte, ela vai conseguir salvar o mundo!".

Pelo menos, aprendi a ser forte.

Ainda me lembro da boneca Suzy que ganhei da minha irmã Lena. Logo que desembrulhei, desenhei uma estrela na testa dela, desde ali já comecei a criar um mundo lindo e com fantasias poderosas. Minha irmã, quando chegou, disse "você destruiu a boneca que acabei de te dar?". Ela não entendia... Enfim, sonhar engrandece sempre.

Meu cunhado foi outro herói que me trouxe referência, honra, trabalho e disciplina. Ele era muito trabalhador e fez coisas por mim; me espelho nele até hoje. Apesar de me inspirar numa heroína fictícia, também tinha ele, uma pessoa real, como um dos anjos de minha vida. Quando fui para a casa deles, não sabia ler nem escrever, e ele era muito metódico. Eu tinha que aprender a ler e a escrever, tinha que aprender a tabuada, era muita informação ao mesmo tempo. Porém, eu sempre me mantive inspirada por isso. "Ok, é isso. Não pode ser preguiçosa, não pode deixar a preguiça tomar de conta e deixar que as coisas aconteçam."

> Um anjo ou uma referência positiva são como tocar o solo depois de um voo turbulento, enche de esperança e de direção.

E o fato é que é isso mesmo: "As coisas não acontecem se você não quiser. Você tem que buscar. Você vai se inspirar em alguém, vai adquirir novas atitudes, vai ver a luz no túnel, a turbulência vai sim passar, e tudo vai ficar bem". É assim que gosto de pensar.

Quando o avião pousa e toco o solo com os pés, então eu cheguei. Eu vejo a minha vida assim, eu estou sempre viajando para algum lugar, quando sonho chegar em um destino – e eu estou sempre à procura de um novo destino – o exato momento em que toco o solo me enche de novas esperanças.

— Ok. O que vou fazer nesse destino? – eu me pergunto.

Quando começo a refletir sobre isso, quando começo a buscar respostas, acabo encontrando o que me realiza. Se ali, naquele solo, eu não achar um novo roteiro, parto para outra viagem, novos destinos, uma nova busca, até que encontro.

Se você me perguntar como foi a infância da Julinha, vou dizer que não foi muito boa. Aliás, dificilmente vou conseguir contar qual foi minha maior alegria de infância. Mas não deixo isso me invadir, de verdade. Existem, em minhas memórias, cenas que me invadem de sentimentos bons, que me levam ao solo: a mamãe preparando pirão (prato típico nordestino), porque não tínhamos mais o que comer. Ela chegou a ir à casa da minha madrinha oferecer a aliança para comprar comida, porque nossa casa por vezes foi invadida pela falta; o dinheiro era mal utilizado em vícios e situações disfuncionais.

O vício pode destruir uma família. É outro aprendizado daquela época que levei para a vida. Quando conheci meu esposo, logo após perguntar o seu nome, perguntei se ele possuía vícios. E ele disse que não. Eu havia decidido, após muitas experiências ruins, que pessoas com vícios não mais participariam do próximo capítulo da minha vida – e, quando eu falo, eu cumpro, isso se chama decisão.

Mas, independentemente de serem boas ou ruins, foram essas vivências que me fizeram quem sou, me permitiram chegar aonde estou. Li em algum lugar que, "quando não há mudança, há disfunção". Foi por conta do que passei quando pequena, na casa de meus pais, comendo pirão, que hoje em dia, na minha casa com meus filhos, não gosto que estraguem comida, embora tudo seja muito farto. Eu encho a mesa para as refeições, mas peço que não estraguem. Talvez seja cultural, do nordestino, talvez seja síndrome da pobreza, talvez seja uma mudança significativa que fiz para dar aos meus filhos o que me foi tirado quando criança. Como afirma Paulo Vieira, "A atitude de autorresponsabilidade é o empoderamento que nos capacita a mudar o que deve ser mudado para continuar a avançar na direção de seus objetivos conscientes de um equilíbrio de vida".

Algo que nunca tive na minha vida foi aconchego, e agora eu tenho que fazer com que minha vida seja cheia deles, cheia de mimos. Durmo com minhas velas aromáticas, com uma cama muito bem arrumada, com meu *pillow mist*[2] em todas as minhas almofadas. Construí esses pequenos rituais aconchegantes. Não vou para a cama sem lavar o rosto, tomo banho com meus sais, faço de tudo para desfrutar das coisas boas que tenho hoje na vida. São coisas que importam para mim, esses mimos que me dou o direito de ter. Troquei a lamentação pelo me afagar.

Com os meus filhos, sempre procuro dar a eles uma vida diferente da que tive, ensiná-los tudo o que aprendi, sem que precisem passar pelas perdas. E sim, aprender a supe-

---

2 Feito a partir de destilação de óleos essenciais, o *pillow mist* pode ser borrifado no ambiente para perfumar e promover relaxamento e uma sensação de bem-estar.

rar os obstáculos que a vida impõe. Minha filha, que está com 13 anos, adora aconchego e carinho. Ela adora que eu cante *butterfly*[3] para ela antes de dormir, engraçado, pois *butterfly* é uma música que fiz quando ela era pequena, e até hoje eu ainda canto para ela. Mesmo quando estou cansada, ela pede "mamãe, canta *butterfly* para mim", e é quando eu penso, vou realmente fazer isso porque eu não tive quando era criança e isso me fez uma grande falta. Todavia, mimo com todo cuidado, para não causar dependências, mas sempre com muito amor, este sem medidas.

"Borboleta voa, voa.
Borboleta adora voar.
Borboleta voa aqui e voa lá,
a borboleta voa em todos os lugares.
Suas asas são coloridas, roxas, verdes, azuis, amarelas e laranjas.
A minha linda borboleta, você ama voar.
A minha preciosa borboleta, borboleta gosta de voar.
A minha preciosa borboleta, você ama aqui, e ama ali, ama lá.
Você voa em todos os lugares,
os seus sonhos são coloridos, roxos, verdes, azuis, amarelos e laranjas.
Minha linda borboleta, feche seus olhos e imagine o impossível.
Borboleta, minha preciosa borboleta, feche seus olhos,
minha borboleta.
Minha preciosa borboleta, você é tão linda.
Minha preciosa borboleta."

---

[3] Borboleta, em inglês.

Julie Carroll

Cada um com seu jeito, minha filha é curiosa, meu filho é muito organizado; ela super vaidosa, quando para ele, uma calça rasgada e uma sandália havaianas está de bom tamanho. São pessoas diferentes, possuem individualidades. Mas o que desejo aos dois é que tenham boas memórias de momentos alegres na infância. Lembro e digo o quanto eu os amo, e a importância que eles têm na minha vida, o quanto eles são importantes. E sempre lhes pergunto, se eles se sentem amados e cuidados e ensino o verdadeiro sentido da vida, seus valores, e o que jamais ninguém poderá tirar deles: suas essências e seus sonhos.

> Quero dar aos meus filhos o que toda criança deveria ter, o que eu deveria ter tido, quero dar a eles isso: raízes.

Ciclo de vida

Almoço é uma lembrança importante da minha infância. Mamãe tinha esse cuidado de preparar as nossas refeições, ela tinha esse aconchego. Comida é algo que junta as pessoas, desde o preparo, cortando as verduras, o cheiro das panelas, a prova do sal, a mesa posta, o barulho das conversas misturadas ao dos talheres, tudo isso é algo que lembra aconchego. O almoço lá em casa era assim. Já foi assim, um momento de acolhimento, um momento de reunião de família, um momento de desfrutar, da comida, das companhias.

Andávamos de bicicleta naquele dia. Bem, eles andavam, minha irmã Juissilma, sempre sorridente e persistente, e meu irmão, sempre alegre e carinhoso (ah, que saudade!); vinha cada um em sua bicicleta e eu sentada no guidão do Silva. Vínhamos animados, rindo de uma coisa qualquer, e ouvíamos mamãe. "Onde vocês estão?", ela chamava havia algum tempo. Meu irmão escutou e gritou de volta "Já estamos chegando, mamãe!". Ele vinha com velocidade, pedalava fortemente desde a rua de trás, minha irmã tentando alcançá-lo, sem muito sucesso. Vinha com tanta velocidade que levei um tombo. Fiquei toda arrebentada por causa desse tombo, ralei os joelhos e machuquei as pernas, passei alguns dias sentindo algumas dores nos braços por tentar aparar a queda.

Por que essa lembrança, especificamente? Porque era o aconchego de minha mãe. Ela já foi aconchegante, disso tenho certeza. Ela nos fazia sentir isso, nos mantinha como crianças. Por isso que um dos *flashes* de minha infância é exatamente com meu irmão, que morreu aos dezesseis anos, com mamãe chamando para almoçar e eu levando um tombo – é extremamente simbólico.

    É uma cena que me traz de volta a sensação de que eu tive tudo isso, antes de saber que não teria mais, por isso eu reforço meus sonhos todos os dias – eu vivo com paixão, já que o amanhã é sempre uma caixinha de surpresas. Como uma plantinha em fase de crescimento, que se for alimentada e bem cuidada, poderá se tornar uma planta forte e linda.

    Eu posso até ter levado um tombo da bicicleta naquele dia, devo ter levado tantos outros! Porém, sempre me levantei. Levamos muitos tombos ao passar da vida. E sabe o que mais? Tudo bem! Levar tombos é algo normal da vida, cair de bicicleta, levantar e voltar a andar no dia seguinte, nada mais que um ciclo da vida.

    Ciclos da vida são importantes para aprendermos e darmos valor ao que vivemos. Sempre haverá algo para aprender.

    Assim como mesas com um almoço feito pela mãe, ou a sua voz nos chamando, tudo isso faz parte de um ciclo que pode se fechar, por isso sejamos mais gratos.

    A gratidão pelo momento presente forma raízes no hoje para nos firmar no amanhã. E o amanhã é uma forma de continuar a jornada.

Semeando

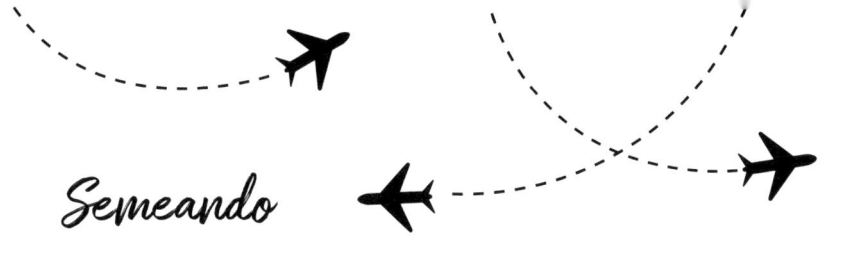

A África do Sul foi, definitivamente, a viagem mais fantástica da minha vida. Para que você tenha uma noção de grandeza do quanto essa viagem foi importante para mim, eu conheci, até hoje, 60 países e a África do Sul foi o lugar mais incrível entre todos.

Passamos cinco dias no Kruger National Park[1]. Lá acordávamos cedinho, às quatro horas da manhã, para fazer o safári adentrando a savana africana e esse era um dos melhores momentos que passei por lá.

É difícil explicar com fidelidade a experiência mágica que nos alcançava: as mantas quentes entregues pelo hotel, para amenizar o frio do inverno, observar o nascer do sol enquanto girafas e elefantes passeavam tranquilamente, um espetáculo criado por Deus.

Parávamos na savana por volta de sete horas para tomar um café da manhã bem farto, consigo ainda lembrar o gosto dos *muffins* e o cheiro do chá quente. Foi um momento único na minha vida. Olhar os meus filhos correndo e brincando no meio da savana foi algo incrível, que me fez viver o meu momento de ser criança também.

Lá no parque, ficamos numa cabana, uma espécie de chalé. O hotel trabalhava no estilo *resort*, eram como vilas espalhadas e nós tínhamos nossa própria, com pessoas que trabalhavam só para a nossa vila, eram cinco pessoas trabalhando para cuidar da nossa cabana e eu me senti uma rainha. Acordava e já tinha

---

[1] Um parque que possuí a maior área de proteção da fauna de toda a África do Sul.

alguém a postos para me servir, a ponto de eu me sentir um pouco constrangida com todo aquele mimo e conforto, tinha esse pensamento de que estava fazendo quase algo errado, algo que eu não fosse merecedora, ou talvez fossem *flashes* da infância escassa. Mas eles falavam "não, a senhora adquiriu esse serviço, e é esse o serviço que oferecemos". E assim, mais mimada eu era. Vinha uma pessoa colocar a sandália, à beira da cama, ou seja, aos meus pés, arrumar a cama e preparar a banheira. Todo esse ritual desde a manhã. E todas as noites.

Durante o período da viagem, não usávamos *internet* no celular, então gravei muitos áudios da nossa família conversando coisas da infância, partilhando momentos juntos. Foi uma viagem inesquecível. Até hoje, meus filhos falam: "mamãe, aquela viagem foi inesquecível". Quando me deitava na cama, podia ver pelos janelões de vidro os animais mais magníficos passando lá fora.

Refletindo, consigo sentir como se estivesse querendo viver a infância e, de certa forma, como se quisesse, naquele momento, voltar a ser criança. Não para reviver a infância, com saudosismo ou lamúrias, não. Eu queria, na verdade, mostrar aquele lugar para a Julinha, a minha criança interior. Mostrar a mim mesma o que toda criança merece ter. Todo o período que ficamos na África do Sul, quis viver o que a Julinha nunca pôde.

Mudando de estado e de regiões, visitamos comunidades que apoiamos financeiramente. Vimos todo o outro lado da África, casas construídas usando lixo compactado, casas de contêineres, e lembro que aquela visão impactou meus filhos. Saímos do palácio da savana e fomos para o lado oposto da realidade. Resolvemos fazer isso porque eu e meu marido não queremos criar nossos filhos numa bolha, onde só podem ver o que é bom, só podem ver a primeira classe e o conforto sem saber de tudo que existe no mundo.

Aprendi na vida, a duras penas, que esse conforto não vem de graça, ele tem que ser conquistado. Não existe conquista sem trabalho duro. É importante para nós, como pais, mostrar a eles o "outro lado", não para terem um sentimento de "oh, pobre coitado", mas sim para se inspirar a ter o melhor e ajudar o próximo quando tiverem. Uma vida sem doar, é uma vida pequena.

Obviamente, para ajudar alguém, você tem que se ajudar primeiro. Se você não estiver forte, como vai fortalecer alguém? Regra básica que todo mundo devia ter em mente: não doe tudo que você tem, porque senão vai ficar sem poder crescer. É como uma planta que tem todos os frutos colhidos, mas mantém o tronco e as raízes fortes para uma nova colheita.

Meus filhos ficaram muito impactados com aquilo, mas você tem que saber o que é ruim para saber o que é bom, é uma relação de dualidade, se não conhece um lado, não tem como ter um comparativo de um com o outro. Quando viajo, viajo como dá para ser. Claro que viajar o mundo com a visão da primeira classe faz parte de querer e merecer o melhor. Faço questão de, para onde viajarmos, participar do que a cultura oferece. Se precisar, nos sentamos no chão e comemos da mesma maneira que eles estão comendo.

Mostrar a eles as diferenças culturais é impactante, porque crianças que podem ter uma boa vida vivem numa bolha, e isso não é o que queremos para eles. Para mim, isso é normal, eu cresci na simplicidade e, quando crescemos assim, sabemos que tudo que vier é lucro, tudo que se tem já é abundância.

Ser você é ser raiz

As possibilidades estão sempre ali junto a nós, as ações presentes e as ações do futuro, porém as ações do futuro não são garantidas, pois somente o agora é certeza. Mas sonhar para um futuro melhor é essencial para nutrir a felicidade.

Viva o agora e não o passado que te causa dor e te deixa na escuridão.

Olhe à frente e verá que uma vida melhor virá.

Perdi algumas das minhas raízes na infância. A planta, quando para de ser alimentada, quando para de ser regada, vai perdendo as raízes, aos poucos. Se não existe cuidado e mimo, não existem raízes.

Mas ganhei sonhos para sonhar e realizar. E sonhar é semear.

Raízes em movimento

Uma coisa que marcou muito minha vida foi o dia que mamãe chamou a mim e Jorge, meu marido, e falou:
— Cuidem da Julinha. Ela vai ser muito importante na vida de vocês.

Eu não tinha nem o que pensar, mas precisava do sim dele. Na hora, ele baixou a cabeça, pensou um pouco e respondeu para mamãe:
— Dona Judite, vamos cuidar da sua filha como cuidamos dos nossos filhos. Será como nossa própria filha.

Desde então, mesmo entre idas e vindas, nunca mais nos separamos. Você, Julie, é a minha filha do coração.

Te amo muito!

Juciene, irmã e mãe adotiva.

Juliene, eu nunca esqueço quando você chegou criança, um dia com a sua mãe, entrando na minha casa, e eu te achei um encanto, muito bem vestidinha, muito ajeitadinha, muito bonitinha, muito assim... mostrando experiência e mostrando também o quanto você poderia pensar com relação a sua vida adulta, a sua adolescência, e eu entendi tudo ali. Li, olhando para você, todos os seus desejos futuros.

Então eu me preocupei, porque sabia que você queria estudar, eu tinha certeza de que você queria vencer na vida, então me ofereci para ficar com você, colocá-la numa escola, para fazer algo por você.

Então, no tempo que você passou comigo, pude notar sua inteligência, que era uma inteligência rara, e que eu admirava muito — e admiro. Continuo admirando!

O que pude fazer por você eu fiz, aliás, ainda posso fazer, com o peso da minha idade. Eu sempre procurei ajudar as pessoas que estivessem comigo, que me ajudavam em casa, procurei ajudar essas pessoas. Você aproveitou. Você me deu muita alegria com sua vontade de querer vencer. Quem pôde aproveitar as oportunidades, aproveitar os dias que estava comigo, me deixa feliz. Passa um filme na minha mente e eu fico alegre, muito feliz. Fiquei feliz com a sua realização, com o futuro que criou com seus filhos e seu esposo.

Me realizei com o que pude fazer por você. Quando você cresceu, você conseguiu tudo que queria. Eu te abençoo, minha filha.

Perpétua, madrinha.

2
Quando o sonho e o medo se enraizam

"Têm máscaras que são usadas como defesa. As perdas, as feridas, as frustrações, os enganos, os medos nos levam a usá-las como forma de expressar nossa amargura ou como forma de proteção."

Rose Lira, Sabadisses

CAPÍTULO 2 | QUANDO O SONHO E O MEDO SE ENRAIZAM

Eu me considero uma pessoa sonhadora e determinada a realizar sonhos. Acredito que isso seja uma característica forte e algo que esteve sempre presente em minha vida. Na verdade, durante toda a construção de minha história, buscava sonhar com uma vida melhor: amar, casar, ser mãe, ser um exemplo de vida e mulher, e com isso deixar uma história de vida para impactar outras pessoas. É importante isso, saber sonhar foi importante para que eu pudesse acreditar e alcançar meus objetivos com determinação, sem ficar estagnada no passado.

"Muitas pessoas veem um vale profundo dessa forma. Veem os vales como período de frustração, dor, desilusão, raiva e fracasso. Mas lembre-se do que acontece quando você identifica o bem que está oculto ali e se concentra nele... Podemos transformar um vale num pico.[1]"

Como falei no capítulo anterior, na minha infância perdi as raízes que conhecia. Já a adolescência, eu poderia descrever como um tempo bom, de boas memórias, um tempo tranquilo, em relação a tudo que aconteceu com a Julinha.

Durante a adolescência, eu diria até que passei por um período em que me sentia nas nuvens. Passei por um voo tranquilo, sem turbulências, em que havia novamente paz e fartura em casa, um voo que me permitiu descobrir como semear meus sonhos, que, para falar a verdade, nem eu mesma

---
1 Spencer Johnson, M.D., pp. 68,69, ano 2018.

percebia ter. Lembro-me de ter sido também um período de muitas descobertas e de alguns desafios.

    Lá em casa as coisas começavam a pesar para minha irmã Juciene, cuidando dos dois filhos, de mim e, agora, de nossa mãe, que estava bem doente. Diante das circunstâncias, decidi me mudar e passar um tempo com a minha madrinha. Minha madrinha Perpétua, muito religiosa, me levou para estudar em um colégio católico da região e me inspirava a participar de muitas atividades na escola e na igreja que frequentávamos, isso me trazia sentimentos de tranquilidade e paz. Eu me engajava nas mais diferentes atividades, fazia campanhas para arrecadar dinheiro para a escola, lecionava catecismo e me preparava para a primeira comunhão. Mas confesso que a religião, naquela época, não conseguiu preencher o vazio que existia dentro de mim. Era uma forma de me apegar a algo para tentar preenchê-lo. Mais tarde, entendi que a religião não sustenta um coração vazio.

    Foi pela palavra de Deus, entretanto, que veio minha fé e, agregada a ela, a motivação de que precisei para nunca parar. Claro que, mesmo que estivesse bastante engajada, vou confessar que, na verdade, minha adolescência foi confusa. Mas se você pensar bem que adolescente não é confuso? Quem passa por essa fase de transformações tão repentinas e caóticas que é a passagem da infância para a "vida adulta" sem sentir-se um pouco atônito ou um pouco inseguro?

Era uma adolescente como tantas outras, com seus desafios e dúvidas, mas era tranquila. E muito disso se deve à proximidade da minha mãe nesse período. Apesar de não morar mais com ela, eu sempre a via, fosse nas visitas de final de semana, fosse quando a levava para a fisioterapia. Minha mãe sempre foi, para mim, o chão aos meus pés. O tempo que passei dividida entre a casa de minha madrinha e de meus pais adotivos – eu ia e voltava constantemente – a maior parte se devia a isso: cuidar de mamãe. Por isso também não tive muito tempo para amizades. Não tinha muitas amigas e sentia esse vazio de conexão social, tão típico das adolescentes.

Mamãe não teve tanto tempo de cuidar dos filhos num nível de dedicação mais apurada. E quando falo de falta de tempo, era tempo literalmente. Ela passou por várias tromboses, paralisias, derrames. Ela estava enferma e tinha que cuidar da sobrevivência, não conseguia tirar um momento para se sentar com seus filhos, sentar comigo e dar conselhos sobre as mudanças que aconteciam. Não porque ela não queria, mas porque, assim como quando um avião passa por um momento de despressurização emergencial, você recebe instruções para colocar a máscara em você mesmo primeiro.

É importante relacionar essas coisas. Aprendi com as viagens – e relaciono com a vida sempre que ouço dos comissários de bordo, antes do avião decolar, que você tem que ajudar a você próprio primeiro para ajudar o próximo depois.

> Se você não estiver bem, se não estiver nas condições necessárias para ajudar, se não estiver saudável do corpo e são da mente, como pode ajudar alguém? Como pode alguém ser exemplo e guia se não souber o que está fazendo ou para onde está indo?

Hoje, por exemplo, me preocupo muito em estar bem, para minha felicidade, sim, mas também para estar hábil a ajudar os meus filhos. Tento fazer isso e, embora mamãe não tivesse muito desses momentos de aconselhamentos comigo, foi por ela que me motivei a aprender as coisas e a ensinar o que sei hoje aos meus filhos. Era ela quem me mantinha alerta.

Acredito que muito do que aprendi sobre proteção e autocuidado vem desse movimento de estar sempre alerta, prestando atenção às coisas e às pessoas a minha volta, que era algo que meus pais adotivos me inspiraram ao estarem sempre atentos comigo, me cercando com cuidados, alertas com as situações que me rodeavam.

Eles acabavam por se preocupar muito com minha segurança – assim como faziam com seus filhos biológicos, como já mencionei, não havia distinção, nunca houve. Por isso, acabavam sendo, na minha visão de adolescente, muito protetores. Nunca fui de sair muito à noite, tinha horário para estar em casa, não podia ficar sozinha ou até tarde na rua.

A maioria das coisas que fazia era dentro da igreja, com meus pais adotivos e meus padrinhos. Eu participava de um grupo de catecismo e dava aulas para o grupo de Lobinhos, como eram chamados os escoteirinhos do grupo da igreja que frequentávamos.

Hoje percebo que esse cuidado e atenção que me davam não foi algo ruim, não me prejudicou. Cuidados que por vezes só conseguimos valorizar depois de muito tempo, pois uma adolescente possui uma visão muito imediatista e não vê ao longe.

Na verdade, eu tive muitas oportunidades de fazer várias coisas diferentes, e fiz tantas! Eu me envolvi nas campanhas da igreja, ia aos sábados para ensinar os Lobinhos, planejava e participava dos acampamentos, fiz tudo que pude e que estava ao meu alcance. Posso me definir também como uma adolescente muito engajada nas atividades que iniciava.

Esse engajamento me ajudou, de certa forma, a passar por essa transição de forma tranquila e sem muita ansiedade expressada. Ah, não dá para dizer que eram tudo flores – não é para ninguém, porém mesmo que possamos pensar às vezes que o que vivemos é difícil, se pararmos para olhar bem, nunca estamos no barco sozinhos, sempre existe uma mão ao lado, estendida para ajudar. Mas para a ajuda chegar, é preciso também ter uma visão de humildade.

A questão é que eu tinha acabado de sair de uma infância cheia de perdas e experiências emocionais fortes e, para completar, minha mãe estava enferma, o que não foi nada fácil para mim como adolescente: perder e imaginar uma nova perda à vista. A verdade é que "Entre cada pico sempre há vales. O modo como se administra cada vale determina o tempo que levará para atingir o próximo pico." (JOHNSON, 2018)

Acho que, de qualquer maneira, não seria fácil, independentemente da idade que fosse, criança, adolescente ou com um milhão de anos. Lidar com perdas é difícil, mas lidar com enfermidades é ainda mais fatigante. A doença, quando chega, seja lá qual for, ela nunca vem amena. Enfermidades não são benévolas, não são gentis com o enfermo e não têm piedade dos familiares.

Foi assim com mamãe. Não foi fácil lidar com a doença de minha mãe, lidar com as responsabilidades de levá-la aos tratamentos, lidar com os estágios que passou, as dores novas que foram surgindo, lidar com as pequenas perdas do dia a dia.

Se você pensar bem, pode perceber que existem maneiras diferentes de perder. Falando da perda sentimental, da perda de raízes, de objetivos e de propósitos, existe a perda do rompimento total. Um dia os queridos estão lá, está tudo bem e você repentinamente sofre um choque; de repente, não estão mais. A separação de meus pais, o falecimento do meu irmão, toda a sequência de fatos que ocorreram na infância foram assim: ROMPIMENTOS de raízes.

Foi como se simplesmente alguém tivesse chegado e arrancado uma planta do chão, folhas, caule e raiz, tudo de uma vez.

O outro tipo de perda que percebi existir, e que vejo que aconteceu nesse período, foi a perda por partes.

> Não acontece tudo na mesma hora, os fragmentos vão se perdendo aos poucos, retalhos se desfazendo e a planta vai perdendo a cor, de fora para dentro, até a raiz ser arrancada porque não consegue mais sustentar a planta.

Não perdi minha mãe na adolescência. Não de imediato. Eu a tinha, e por perto. Mas sentia falta de algumas características e particularidades que ela, como mãe, não podia me dar. A coisa que mais fez falta para a Julinha adolescente foi, sem sombra de dúvida, a orientação clara e informações realmente instrutivas sobre as coisas do cotidiano e aparentemente comuns como, por exemplo, o desenvolvimento do meu corpo.

Diante das mais diversas circunstâncias e das adversidades que se impuseram no caminho, repito, faltou tempo, e isso foi algo que realmente senti falta na minha adolescência: os momentos de aconselhamentos sábios para enfrentar a vida. Não sabia que seria tão turbulento com tempestades prolongadas.

Quando cheguei à puberdade, não sabia bem o que fazer. Foi um período da vida que tive suporte emocional, que fui bem cuidada, mas, por outro lado, me percebi tendo que aprender as coisas por conta própria. Não possuía esses momentos de compartilhamento com minha mãe. Nem com ela, nem com minha irmã ou madrinha, cada uma já tinha muito em mãos para realizar e eu, simplesmente, não poderia esperar. Eu era curiosa, tinha fome de conhecimento. Queria saber mais.

Queria saber de mim, de como cuidar das mudanças do meu corpo, saber do mundo, descobrir tudo que conseguisse, nem que fosse indo atrás e aprendendo sozinha. Eu não sabia o que eu gostava ou não gostava, não tinha um modelo do que era o mais legal ou bonito, tive que aprender andando.

Gosto de caracterizar esse período como uma fase em que fui autodidata, aprendi diversas coisas com esforço próprio, sem a ajuda afetiva ou de mestres. Naquela época, para mim, o lema era "se quiser, aprenda e faça você mesma". Eu fazia minhas próprias comparações e criava meu próprio modelo, criava uma figura imaginária para me espelhar, enquanto crianças possuem amigos imaginários, a Julinha adolescente construiu um referencial imaginário.

Eu aprendia observando: uma roupa em uma loja; as pessoas à minha volta; alguém que achava bem vestido e que gostava; como era o estilo e como se portavam as personagens das novelas - que era algo comum em casa, assistir às novelas. E assim, eu me espelhava e criava o modelo a partir do que eu tinha, mas sempre me modelava em personagens lindos e bem-sucedidos.

Eu nunca fiz muitos cursos. Quando era adolescente, pelo menos, os cursos e recursos eram praticamente zero. Eu fiz o curso de datilografia (que, na época, equiparava-se à informática atualmente), nunca fiz curso de maquiagem, nem de moda, nem de línguas.

Julie Carroll

> Aprendi a sempre pensar: "então, quais são os meios que tenho disponíveis agora?". Se não era possível de uma maneira, buscava ir atrás de outra, mas nunca deixar para lá.

Eu ia ao *shopping* e via os *displays* das lojas, como estavam arrumados os manequins. Já que não tinha uma pessoa com quem conversar sobre moda e sobre o meu corpo, eu aprendia na base das comparações. Eu olhava para três modelos de biquínis e pensava "qual ficaria melhor em mim?", era assim que fazia escolhas próprias de uma adolescente.

Não vou aqui dizer que isso foi algo fácil. Não foi! Embora eu sentisse realmente muito essa falta, hoje posso dizer que não possuo um sentimento acerca disso, mas sim perspectiva positiva de transformações.

Eu superei sentimentos inválidos e destrutivos, focando em sonhos de conquistar a felicidade, aquela que ainda estava por vir, ser feliz era a minha única escolha. Se fazer de vítima é viver em dor, e esta não era para mim uma opção.

Hoje, como adulta, penso em como usar as minhas experiências para lidar com meus próprios filhos.

Minha filha está exatamente nessa fase, na idade em que comecei a perceber em mim as primeiras mudanças físicas. A primeira coisa que procurei fazer foi ampará-la. Cercá-la de cuidados e informações, o quanto fosse preciso.

No início, por conta das minhas próprias experiências, fiquei receosa e me senti um pouco perdida. "Como vou fazer isso?". Fiz como sempre fiz a vida inteira, fui atrás. Eu tive que me informar, li muito e busquei tudo que precisava saber para guiar minha filha. Fui com ela às compras, antes mesmo de surgirem as primeiras transformações de adolescente.

Confesso que foi desafiador falar sobre este assunto com ela, senti que existiam barreiras – mas, no final, vi que estavam apenas na minha cabeça. Tive então que superar e fazer meu papel de mãe.

Enquanto a aconselhava a como usar seu primeiro sutiã, a como se sentar, a como usar maquiagem ou como saber escolher suas roupas, lembrei-me de meu tempo de adolescência. De certa forma, consegui aprender e me autoeducar em tudo que precisei. Mas a maior aprendizagem que tirei foi: não quero a mesma experiência para meus filhos. Quero usar bem o tempo que disponho com eles. "Preencher o tanque" dos meus filhos com amor sempre foi o meu objetivo em suprir a carência do amor de mãe que eu não tive. Especialmente durante a minha adolescência, em que sempre me senti sozinha e com muitas perguntas que ficaram sem respostas. Estou sempre buscando respostas em meus filhos: "como ser melhor mãe?", "como eles se sentem amados por mim?". Abraçá-los à noite e dizer "Eu te amo, você é minha vida" e dizer o quanto eles são importantes para mim e especiais nesta vida, tudo isso me valida como mãe presente. Talvez não exista a mãe perfeita, mas busco melhorar a qualidade a cada dia.

Quero que meus filhos não tenham que tomar decisões sozinhos, como eu tive que tomar. Chegará o momento em que vão fazê-lo, mas não tão cedo. Adultos têm capacidade maior de discernimento, sabem melhor que caminhos seguir, que escolhas fazer e o que selecionar. Por isso mesmo, eles são um ponto importante no desenvolvimento de uma criança e ainda mais essencial na adolescência, que é uma fase de tantos conflitos, dúvidas e medos.

Eu aprendi a tomar essas decisões sozinhas, e acabei acertando na maioria, isso não é uma regra, pode-se considerar inclusive uma exceção. Um adolescente ser submetido a esse tipo de experiência sozinho é muito arriscado; na maioria dos casos dá muito errado.

> Uma figura materna, uma figura paterna, uma estrutura familiar são essenciais para o desenvolvimento sadio do adolescente.

A adolescência é um período muito confuso. Se você deixa um adolescente desamparado, ele provavelmente não vai saber o que fazer, fica sem solo praticamente. Fica ansioso, pensando "e agora?".

Sei porque passei exatamente por isso. Faltava a segurança do "próximo passo" a dar. Eu tinha muita ansiedade. Era ansiosa em aspectos dos mais variados e passei por desafios nas mais diversas situações.

Um desses desafios era a escola. No colégio em que estudava, por ser religioso, possuía uma educação firme e, muitas vezes, restrita. Se eu tinha uma opinião que as freiras não concordavam, e isso acontecia sempre, eu sentia a necessidade de provar para elas o que estava falando. Pura autoafirmação, algo tão necessário ao adolescente.

Ainda me lembro delas me chamando de atrevida quando dizia que ia provar algo que falei. Eu não achava que era atrevida, apenas falava do meu ponto de vista, e disso tinha total convicção na época. Sabia que tinha razão e precisava provar. Sentia claramente, aqui, a ansiedade que me abatia por conta da minha história familiar, a insegurança.

Sentia também que existia certo preconceito por ser filha de pais divorciados. Ou pelo menos é o que eu achava, talvez nem fosse. Mas eu sentia isso, essa necessidade de provar o meu valor o tempo inteiro.

E fazia isso em tudo. Eu me envolvia nas campanhas de arrecadação de dinheiro e precisava ser a número um. Precisava ser a número um da equipe de vôlei, eu precisava mostrar que era a melhor sempre.

> Eu não queria, necessariamente, ser a melhor, mas, para mim, ser a melhor era questão de necessidade, era questão de sobrevivência social.

Se eu sentia me afligir, pelo preconceito ou pela falta de orientação, a saída era provar que era a melhor, e assim talvez pudesse suprir toda segurança e afirmação que me faltavam.

Algo particularmente difícil para mim na adolescência foi em relação às amizades, exatamente por conta de toda a ansiedade de decidir sozinha o que fazer.

Eu não tinha muitas amizades. Minha família era conservadora, morava num ambiente restrito e eu sempre tive medo de me envolver com pessoas que não fossem bons exemplos. Eu sentia a todo tempo a indiferença dos outros adolescentes com a menina de pais divorciados, e eu não conseguia fazer amizades ou confiar em alguém logo de cara, logo depois de conhecer. Eu tinha certos receios, certas regras veladas. Se fosse alguém que fumasse ou bebesse, eu não me aproximaria. É tanto que álcool foi algo que entrou na minha vida muito mais tardio que o das outras pessoas da minha idade. Nunca havia provado bebidas alcoólicas até os 23 anos.

Eu havia criado uma espécie de visão especial das coisas. E essa visão quero ilustrar como uma história.

> Há uma vela dentro de cada vaso que é alguém.

Eu via as pessoas como dentro de vasos. Na minha cabeça, conseguia ver não apenas o lado externo, que muitas vezes era bonito e ornamentado. Não, eu conseguia ver também que dentro de cada vaso existia uma vela que o vidro protegia. E essa vela era a pessoa verdadeira.

Quando olhava para alguém, eu pensava na vela. A vela está lá dentro do vaso, cada um tem a sua vela. "Cuidado, Julie! Se você colocar fogo na vela, ela queima, não tem outra saída, existe um meio de combustão nela". Mesmo que seja uma vela aromática, se você se descuida e deixa acesa, ela vai continuar queimando.

Eu tinha muito receio desse fogo. Eu tinha medo de deixar o fogo crescer, se alastrar pela minha casa e queimar tudo. Podia até ter um vidro protegendo, como existe na maioria das vezes. Mas e se ela queimasse por tanto tempo que causasse danos irreversíveis?

Ser você é ser raiz

Não podia me arriscar. Eu não podia lidar com as possibilidades, não podia me envolver porque não sabia o que havia para queimar naquela vela. E se eu visse um sinal de fumaça, qualquer mínimo sinal de fogo, se percebesse que era alguém que fumava ou bebia demais, eu me lembrava de minha mãe falando "fique longe das drogas, fique longe do álcool, não se envolva com essas pessoas que vão te levar para o mal caminho".

Afinal de contas, o caminho da sabedoria só é percebido quando é tarde demais; e o da insensatez já foi percorrido.

Eu não queria me queimar, claro. Na verdade, eu não podia me dar ao luxo de me queimar. Não tinha estrutura, não tinha tempo, não tinha espaço para esse desgaste em minha vida naquele momento.

A sensação não era de medo, mas de receio. Existia a curiosidade, sempre existe, é inerente ao ser humano, é mais forte ainda no adolescente, essa necessidade de descobertas.

> Mas eu tinha uma curiosidade mais precavida. Eu imaginava aonde aquilo ia levar e já saía fora antes mesmo de começar.

Não é muito comum encontrar adolescentes que pensem assim. Na verdade, mesmo cercados de aconselhamentos, muitos não têm esse tipo de pensamento. Mas nem por isso me dou ao conforto de afirmar "é assim mesmo". Penso sempre em que posso contribuir para proteger a adolescência de quem sou responsável.

A adolescência é um período crucial na vida de uma pessoa. É a transição da infância para a fase adulta. Quando a maioria das transformações acontece. Quando a maioria das decisões tomadas vai refletir em suas vidas dali para frente. Um adolescente que não possui raízes, que não possui um tronco sólido para se apoiar, é como uma plantinha de abacate.

Meu filho é um rapaz agora. Mas sempre, desde menino, gostou muito de abacate, por isso vou usar esse exemplo de quando comprei um abacate e resolvi plantar aqui em casa a plantinha de abacate. Algum tempo depois da plantação, começou a nascer a plantinha do abacate que, para falar a verdade, me surpreendeu. Eu nem imaginei que a planta ia brotar.

O solo em que colocamos a planta não era o mais propício para as condições necessárias ao abacate. Mas plantamos aquela planta juntos. E com tanto amor, que começou a nascer. Assim que saiu o broto do solo, chamei meu filho para ver e ele me perguntou "o que é que vamos fazer com essa planta de abacate?".

Eu tinha que ser sincera e honesta com ele: "meu amor, aqui não dá abacate. Quando o frio chegar, ela vai morrer". Era fato, biologia, não podíamos negar ou nos enganar com os fatos da natureza. Ao que perguntei a ele: "o que vamos fazer?".

Ele olhou para mim e disse, simplesmente: "mãe, agora tem que cuidar. Depois decide o que faz com ela". Simplesmente. A sabedoria que meu filho demonstrou com aquelas palavras me deixou um pouco comovida e muito admirada.

As plantas dão frutos, a nossa plantinha é para dar abacate, mas não é algo que possamos prever ou assegurar, da mesma forma é a relação entre pais e filhos. Se a planta é regada com amor, ela cresce rápido. Se existe solo fértil, ela cresce com certeza. Se você, como pai ou mãe, é amor e é o solo fértil de que ela precisa, com certeza ela vai crescer sem medo e poderá sonhar em paz com os seus frutos.

Eu, como mãe, sempre penso que, se não cultivo um solo fértil para o crescimento dos meus filhos, a boa colheita não acontece. É importante que os pais deem amor, forneçam as estruturas.

> Nem sempre teremos todas as respostas. Provavelmente nunca teremos todas elas. Eu sei que eu não as tenho. Mas você e eu sempre poderemos buscar.

Não tem nada de errado em procurar socorro. Mas não devemos deixar de dar a direção de que nossos filhos precisam. As crianças têm anseios e vontades. Eu sei, porque eu tinha, e porque meus filhos têm.

Quem nunca se perguntou o que fazer a seguir? Como será a partir de então? O que fazer agora? Essa ansiedade precisa ser olhada e cuidada para não piorar. Aliás, não é exclusividade de crianças e adolescentes. Eu mesma me pergunto o tempo inteiro "o que vou fazer agora? Como vou fazer com meus filhos?".

As dúvidas sempre vão surgir. O receio de errar sempre vai existir. Mas uma coisa é certa: as crianças têm que se sentir seguras.

Meus filhos têm que saber que podem contar comigo, que não estão sozinhos, que vão sempre me ter presente para direcioná-los e ajudá-los a seguir nos caminhos que escolherem.

Eles podem saber o que fazer com o medo quando surgir e podem ter o direito de sonhar sem medo, sem deixá-lo enraizar em seus sonhos.

Ciclo de vida

Quando penso nessa fase da minha adolescência, tenho uma lembrança marcante que foi quando chegou a minha menarca.

Eu estava saindo da escola e indo para o centro da cidade naquele dia. Eu me lembro muito bem de tudo. Nesse dia, justo nesse dia, resolvi sair de casa usando uma calça comprida branca quando, no meio do dia, começa uma cólica terrível que, na verdade, eu nem sabia o que era cólica, pensei que era uma dor de barriga. Uma dor de barriga horrível que nunca havia sentido antes.

Minha pressão baixou, senti um mal-estar repentino, olhei para baixo e a calça estava toda manchada. Eu tinha tido a primeira menstruação. Talvez tivesse até uma vaga ideia do que era isso tudo, mas eu não entendia bem. Não tinha nem de longe todas as informações de que precisava ter na época para evitar que acontecesse aquela cena constrangedora.

Talvez se soubesse de tudo, se estivesse preparada para lidar com as mudanças do meu corpo de mulher, se estivesse me planejando para os eventos que pudessem acontecer, teria evitado. Poderia ter me protegido, poderia ter usado um protetor de calcinha ou não ter usado a calça branca naquele dia, naquele período, se soubesse.

O que aconteceu a seguir, e acho que você já imagina, foi que comecei a chorar. Chorei bastante. Voltei para casa imediatamente e chorando desesperadamente. Lembro-me de, em todo o caminho de volta para casa, ficar pensando "caramba!

Ninguém me falou nada! Eu estou menstruada, eu menstruei na rua, o que é que vão pensar de mim?".

    E o mais estranho é que eu não tinha ideia do que estava acontecendo com meu corpo, mas o meu maior medo era do que iam pensar de mim.

    Naquele momento, não sabia de nada, não conhecia nada além do básico. Não tinha detalhes nem preparação. Fiquei totalmente consternada por algo tão comum ao amadurecimento da mulher.

    Hoje faço questão de preparar minha filha para tudo que possa acontecer. Vamos ao médico todo ano e fazemos um *check-up*. Ele faz os exames que nos diz quanto tempo falta para a chegada da puberdade. Faço de tudo para que ela nunca seja pega despreparada, nunca se sinta desamparada como eu me senti e saiba lidar melhor com o próprio corpo.

    Para nutrir raízes fortes, precisamos retirar as ervas daninhas da ignorância, do medo e da insegurança que teimam em nascer ao redor da planta.

    Como diz Oprah Winfrey, "Se você deixar, o medo o imobilizará por completo. E, uma vez que você caia em suas garras, ele fará de tudo para evitar que você se torne a melhor versão de si mesmo[1]".

---

1 Excerpt From *O que eu sei de verdade* – Oprah Winfrey. https://books.apple.com/us/book/o-que-eu-sei-de-verdade/id922601890.

Semeando

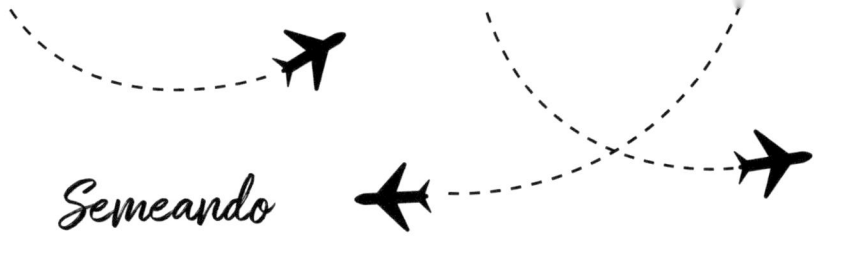

A primeira vez que fui à Espanha com meu esposo tive um retorno ao momento da adolescência.

Sempre tive muita vontade de esquiar, e meu marido não é muito fã do esporte. Mesmo assim, na primeira vez, ele me acompanhou. Fomos à Serra Nevada, uma montanha linda e gelada no sul da Espanha e eu falei para ele: "amor, eu tenho tanta vontade de esquiar!". Ele disse logo que não tinha prática, não gostava de frio e deu todas as explicações de por que não ir. Eu só disse: "oh amor, eu tenho tanta vontade! É um sonho!".

Foi o que bastou. Ele me apoiou, contratamos um professor e eu esquiei o dia inteiro. Eu subia a montanha e descia deslizando, subia e descia. Só conseguia pensar que era muito bom esquiar.

No outro dia, claro, não dava conta nem de andar. Exercitei tanto as pernas, como nunca tinha feito na minha vida, que acabei com dores nos músculos todos. Meu marido brincou "não te falei, amor? Você vai com muita sede ao pote".

A questão é que, quando estava lá em Serra Nevada, quando estava no alto da pista preta, bem no alto da montanha, eu olhei para baixo e pensei "não vou ter coragem para conseguir descer isso aqui não".

Eu olhei para frente e me deparei com uma cena de tirar o ar. Lá do alto, conseguia ver o Marrocos, conseguia ver a África, conseguia ver além do que jamais vi. Lá no alto, não tem barulho, tem somente o vento, o vento fresco e a brisa que, juntos, geram uma sensação gostosa quando batem no rosto.

Depois de um tempo maravilhada com o momento, decidi descer e, ao mesmo tempo que descia no esqui, a sensação que sentia era de pássaro livre.

Pássaro finalmente livre. Eu ia descendo e pensando nos movimentos de zigue-zague contínuos que precisava fazer com cuidado e atenção para não ocorrer acidentes e, mesmo assim, mesmo alerta, essa foi a maior sensação de liberdade que senti na vida.

Eu acho que é exatamente isso mesmo. Você primeiro admira a paisagem como se visse um filme a sua frente. Quando começa a descer a montanha, vê o filme da própria vida passando diante de você. Via a terra lá embaixo e as montanhas lá em cima se unindo, o branco da neve como se fosse um pedaço de algodão.

Ao mesmo tempo que passava voando e flutuando, sabia que tinha um solo firme aos meus pés. Podia sentir a instabilidade das rochas do chão, sabia da necessidade do cuidado. Era um declive muito acentuado e eu estava numa velocidade alta, tinha essa consciência e sabia que bastava um movimento errado para causar um machucado.

Vivi naquelas montanhas de algodão a experiência única de, enquanto sentia e apreciava a beleza inimaginável que tinha a minha frente, sentia também o perigo e o medo de errar. Eu não queria errar.

Então, aprendi a lição. Quando meus filhos ainda eram pequenos, já queria que tivessem a mesma experiência que eu e os levei a uma montanha de esqui que tinha perto de onde morávamos em Michigan, mas, com cuidado, me certifiquei logo de prepará-los para tudo, "vamos aos poucos, senão no outro dia você não consegue nem andar", disse ao meu filho quando fomos descer.

Julie Carroll

Depois que tive meus filhos, depois de tudo o que aconteceu e, ainda hoje, quando passamos por essas experiências, como nesse dia que os levei à montanha, eu via meu filho e via o meu reflexo nele, esquiando junto. Fiquei pensando em como é importante você instruir seus filhos, prepará-los para as aventuras da vida, mas também como é bom ter o aconchego, como é bom essa coisa de ter alguém para cuidar de você. Ter asas e raízes. É muito bom.

Quando estava com cerca de 15 ou 16 anos, já no final da adolescência, minha vida tomou novos rumos mais uma vez.

Minha irmã Juissilma morava em Brasília e teve sua primeira filha, minha sobrinha Amanda. Eu cheguei perto de mamãe e disse: "mamãe, acho que é o lugar perfeito para eu ir, para passar um tempo, ajudar minha irmã e conhecer algo novo".

Eu hoje acredito que, nesse período, ela já sabia sobre o câncer, mas eu não sabia. Fomos eu, mamãe e a minha irmã caçula, Janice, buscar a autorização para a viagem no juizado de menores. *Flashes* de memórias. Foi um dia muito emocionante para nós três; ali, acho, já sabíamos ser o dia da despedida.

Penso nisso porque, no dia que ia me mudar, ela foi com meu cunhado me deixar na rodoviária e disse algo que não entendi e que nunca esqueci.

Lembro-me da mamãe olhando para mim e dizendo: "filha, vá". Ela estava convicta e falou aquilo com tanta certeza na voz que não tive nem como titubear. Ela disse para mim: "Vá para Brasília e só volte quando tiver sucesso".

Ainda não sei por que ela falou isso.

Entrar naquele ônibus naquele dia foi algo que me deu medo. Partir para uma nova cidade, uma nova mudança, uma nova adaptação e uma nova vida, com certeza passar por tudo aquilo novamente me dava medo. Mas escutar da minha mãe a sua vontade de que eu tivesse sucesso e a certeza de que ia conseguir foi algo que enraizou novos sonhos dentro de mim.

Escutar aquela frase de minha mãe foi, com certeza, algo que marcou minha vida dali para frente.

> "O pico pessoal é
> uma vitória sobre o medo."
> **(JOHNSON, 2018)**

Raízes em movimento

Falar da história da nossa vida é relembrar nossas lutas e nossas trajetórias de uma vida comprometida pelo amor.

E você, Julie, continua lutando diariamente para ter nossa família unida, mesmo com a distância. Sinal de que somos sinônimo de força, determinação e luz. Saiba que nenhuma distância separaria nosso elo, mesmo diante das dificuldades, você nos mantém lutando para estarmos sempre unidas, e vejo muito de mim em você, essa mesma luz.

Tenho inúmeras recordações que marcaram nossa infância e que até hoje aparecem como flashes, me inspirando e me fazendo acreditar que nossos sonhos podem se materializar – que precisamos acreditar, se realmente queremos, e não podemos desistir no primeiro obstáculo do fundo da nossa alma, temos que ir atrás e "pagar o preço" para os nossos sonhos se realizarem.

Uma dessas lembranças que tenho é de quando você chegou, com cerca de 14 anos, com meus livros na casa da tia Francisca. Lembro como se fosse hoje! Você veio para me incentivar nos estudos e dizer o quanto eu era importante na sua vida. Eu me senti especial.

Você apareceu ali, sem avisar, chegou de surpresa e meu coração se encheu de amor e começou a saltar; foi um momento muito especial, mágico.

Outra parte da nossa infância que me lembro foi quando fomos com a mamãe, nós três, ao juizado de menores, para autorizar sua viagem para Brasília, para onde você ia seguir seus sonhos – quantos lutas né, Julie?

Ser você é ser raiz

E tantas outras memórias que, mesmo vivendo longe, estávamos sempre unidas pelo amor. Depois, mais adiante, você foi a ponte para eu ir também atrás dos meus sonhos, indo para Brasília, onde ali seria o começo da transformação da minha vida.

Você estava sempre presente, me incentivando e me apoiando. Você queria que eu percorresse o mesmo caminho e me fez e faz continuar lutando diariamente para nunca desistir.

São muitas as histórias, tantos anos de lutas, tantas dores também, e tantos aprendizados nas nossas vidas, mas temos muito em comum, nós não desistimos nunca.

Isso tudo que conquistamos foi pela nossa determinação, pelo nosso desejo de permanecer unidas e nossa fé. Tudo que você realmente buscou e sonhou, você conseguiu. E hoje você está colhendo os frutos.

Para mim, é uma grande realização ver o seu sonho se materializando no seu livro com todo o seu amor, seu carisma, sua força, sua generosidade e, principalmente, sua luz radiante, suas lutas diárias, sua determinação, sua incansável transmissão de amor (sim, porque você é sinônimo de amor).

Hoje você está colhendo suas vitórias e eu tenho milhares de motivos para celebrá-las e tenho, principalmente, muita gratidão a Deus por ele estar presente no seu sonho.

Obrigada por fazer parte da minha vida, me inspirando e me fazendo sonhar, mesmo diante dos obstáculos, das feridas e dos percalços vividos! Você é um grande ser humano que tenho a sorte de ter laço sanguíneo, muito mais que uma irmã. Você é simplesmente meu ponto de luz na Terra. Brilhe muito, Julie!

Eu te amo além do infinito!

Janice, irmã.

3

Quando não há solo fértil

"Na vida é preciso ter raiz, não âncora.
A raiz te alimenta, a âncora te imobiliza."

Mario Sergio Cortella, filósofo e escritor

CAPÍTULO 3 | QUANDO NÃO HÁ SOLO FÉRTIL

Ir para Brasília foi algo que, certamente, mudou bastante a minha vida. Desde o momento da decisão, a viagem, a mudança, as escolhas e até o momento da volta, foram coisas que experienciei e que me fizeram mudar o rumo da minha história. E sou grata a Deus por ter sido assim. Fiz escolhas que jamais pensei que seriam possíveis fazer. Eu sempre fui determinada, e nunca deixei o medo me paralisar. Pensava: "se nem sei o que estar por vir, então tenho que pagar para ver". É preciso determinação e entusiasmo para sonhar com paixão diante de um futuro imprevisível.

Se alguém me pedisse para descrever esse período da minha vida, eu diria que foram períodos de escassez que me proporcionaram a transformação do solo e validaram a minha identidade.

Se pararmos um pouco para pensar, podemos perceber que não existe algum momento da vida em que todos os dias sejam de alegria, ou algum período em que todos os dias sejam de tristeza. A pessoa que você é hoje é fruto do acúmulo de suas experiências, boas e ruins. Hoje eu sei que os resultados dependem das decisões que tomarmos e das escolhas que fazemos.

> Quando há bom preparo no solo, haverá boa colheita. Quando não há desejos e sonhos de uma boa colheita não haverá frutos a serem colhidos.

Ser você é ser raiz

Algo que aprendi e que tenho forte em minha mente é o quão importante é você ter as próprias experiências. Claro que você pode sempre buscar ajuda, conselhos e procurar caminhos que sirvam de exemplos positivos para se espelhar e assim acreditar que você também consegue, principalmente quando estiver vivenciando um momento difícil em sua vida e que não vê tão claramente a saída, nesses momentos referenciais tornam-se muito importantes.

É essencial buscar modelos e inspirações, é importante ver exemplos e eles podem, inclusive, nos dar esperança e proporcionar novas forças para buscar trilhar um caminho difícil. Detalhe, o desafiador para mim não serve de parâmetro para você. Apesar disso, é fundamental que você viva as próprias experiências, inclusive as decepções.

> As decepções trazem novos pontos de vista e te fortalecem para o futuro. Afinal, é preciso descobrir de que ponto de vista a sua paisagem fica mais bonita.

Sei que esse pensamento é algo que pode parecer difícil, ou até mesmo improvável, no primeiro momento, mas essa é uma máxima em que acredito muito, "Cada um vive as experiências de um jeito diferente".

Talvez o que é bom para mim pode não ser bom para você, ou vice-versa. As suas decepções o fortalecem à medida que mostram novos pontos de vista para as situações da vida; você não precisa fincar suas raízes em apenas um lugar e ficar preso àquele solo para sempre, você pode buscar outras paisagens, encontrar um lugar em que se sinta mais confortável. Não importa o quanto talvez pareça desafiador, siga em frente, os seus sonhos são o que transformarão você em quem quer se tornar.

Voltando ao momento marcante em que encerrei o último capítulo, o dia que mamãe foi me deixar na rodoviária para minha viagem a Brasília, eu posso me lembrar claramente daquele dia. Se fosse preciso, poderia pintar um quadro com essa memória.

Ela usava uma camiseta preta soltinha, uma bermuda também preta e que ia até o joelho – respeitando seu estilo conservador, até mesmo no vestuário.

Mamãe tinha cabelos escuros e longos e, quando me olho no espelho hoje, consigo ver um pouco da semelhança que tenho com ela. Eu me olho e vejo uma versão mais jovem da minha mãe, uma versão dela que desejava ter conhecido e uma versão minha que queria que ela estivesse aqui para conhecer melhor. Minha mãe era uma mulher calma e reservada, a descrevo tão forte e reservada como um leão, e assim me vejo: forte, determinada e reservada em muitos aspectos da minha vida. A extroversão que tenho na alma é algo profundo; muitas vezes pode ser confuso para aqueles que não me conhecem bem.

Eu queria ir. Partir para um destino desconhecido. Explorar novas vivências e começar a viver sonhos que talvez fossem impossíveis. Esse era um sentimento que tinha forte em minha cabeça e que defendia para mim mesma que seria o melhor.

Eu queria ajudar minha irmã Juissilma, ajudar a cuidar da minha sobrinha Amanda para nascer – hoje, minha afilhada – e mesmo esse sendo um dos principais motivos da mudança, eu queria expandir meus horizontes. Eu queria muito ver novos lugares, conhecer outra cidade e ter outras experiências em minha vida. Eu desejava me redescobrir e me reconstruir. Eu sempre sonhei coisas maravilhosas e grandiosas no valor do significado. Eu precisava ressignificar a minha história. A destruição da minha família foi impactante para mim. Tudo e todo solo perdido durante a infância deixam marcas. Para mim, não era aceitável ser somente aquilo. A família destruída, um solo sem cuidado. Eu sabia que eu merecia algo profundo e que este algo estava por vir, mas o futuro é sempre algo incerto.

> Eu tinha urgência em saber quem eu poderia ser, além dos limites do que eu conhecia. E eu não podia deixar o incerto me imobilizar, afinal de contas, o medo é algo profundo dentro dos não audaciosos. Com otimismo, eu via o mundo ao meu redor tangível, mesmo ainda tão distante da minha realidade.

Com aquela idade eu não podia viajar sozinha e minha mãe concordou em autorizar a minha ida. O engraçado foi que, chegando o momento da viagem e mesmo com toda a certeza sobre a minha decisão, fiquei com receio da realidade que se apresentava diante de mim. Mas o ser positiva prevaleceu e me permiti estar feliz por viver algo profundo.

Uma coisa é você querer, decidir se mudar e fazer planos; outra coisa é embarcar, passar três dias sozinha dentro de um ônibus. Uma vez li uma frase da primeira-dama Michelle Obama, que me marcou muito e diz mais ou menos assim: "A minha história é algo que pertence a mim e sempre será minha". Ou seja, escrevendo ou não a minha história, somente eu posso sentir as dores e os prazeres das realizações.

Mamãe me disse algo que até hoje acho engraçado e que, descobri depois, ela tinha razão. Ela disse: "Meu amor, você vá sempre acompanhada de uma senhora. Em todas as viagens vai sempre ter uma senhorinha para você se aproximar".

Eu não acreditei muito. "Mas a senhora tem bola de cristal, mãe? Como a senhora vai saber?". Ela, ainda mais segura do que dizia, falou: "Sempre vai ter uma senhorinha! Você entra e fique do lado dela, procure de preferência aquela que conversa menos e, aonde ela for, você vá atrás".

Claro que tinha uma senhorinha e claro que não era nenhuma bola de cristal ou coisa do tipo, era experiência de vida. Dessas coisas que só mãe e a vida ensinam. Na verdade, é que na vida sempre haverá pessoas boas ao seu lado, mas dependendo como você as vê, você as encontra. Talvez a percepção delas para com você não seja a mesma. Mas não importa, por enquanto, basta só acreditar no bem.

Ser você é ser raiz

A despedida foi algo muito pesado. Chorava eu, chorava mamãe, chorava meu cunhado e, naquele dia, eu não suspeitei de nada, mas acredito que mamãe já sabia do câncer e não quis me dizer, talvez ela tenha pensado que eu poderia desistir, caso me contasse – e talvez isso fosse verdade.

Segurando minha mão e olhando para mim com firmeza, ela disse: "Julinha, você não vai passar temporada, você vai ficar por lá. Vá e só volte aqui nessa cidade quando você tiver muito sucesso na vida". Acho que o significado do sucesso é a felicidade, e ela, a felicidade, vem nas mais variadas formas, formatos e áreas da vida; para ela, era só ser feliz! A felicidade que todos tanto almejam.

Até hoje tenho carinho por essa memória que, apesar de ser a lembrança de um momento difícil, a despedida, eu reconheço que foi um ato intenso de muita generosidade e amor, que só uma mãe pode sentir por uma filha e que minha mãe tinha por mim.

Após essa despedida, aqueles três dias dentro do ônibus, numa estrada turbulenta para um destino que parecia não chegar nunca, fiquei sentada ao lado da senhorinha, refletindo sobre as palavras que minha mãe havia me dito.

O fato é que, ao chegar a Brasília, tinha muito a conhecer, muito a fazer. Isso era algo que me deixava empolgada e cheia de expectativas.

Em Brasília, fui morar com minhas irmãs e minhas sobrinhas. Eu cuidava das minhas sobrinhas e, honestamente, também das minhas irmãs. O período logo após o parto de um filho é bastante agitado para toda mulher e minha irmã, especialmente, ficou um pouco irrequieta. Mesmo com meus poucos 16 ou 17 anos de vida, eu tentava manter a harmonia entre todos, funcionando quase como a cola apaziguadora que ajudava a grudar os tijolos de sustentação da casa.

Nesse período específico, eu estava conhecendo a cidade e, mais importante, conhecendo a mim mesma. Liguei para mamãe certa vez e disse a ela: "Mamãe, estou gostando muito daqui". Ao que ela respondeu, simplesmente: "Não volte mais, fique aí".

Ainda não tinha completado os 17 anos quando mamãe faleceu.

Não demorou muito para que descobríssemos sobre o câncer e, alguns meses depois da despedida na rodoviária, recebemos a ligação. Embora fosse algo que a família já esperava por conta do avanço da doença, foi um choque muito grande para mim.

O câncer a havia deixado magra e muito debilitada, ela não queria que nenhum dos filhos a visse daquela maneira e já há alguns dias eu sentia que ela viria a falecer. Eu podia sentir, mas isso não evitou ou amenizou de forma alguma o choque que foi perdê-la. Quando perdemos alguém que amamos muito, não dá para medir o tamanho da dor.

> Sentir quando a perda se aproxima é diferente de viver a perda. Não tem aviso prévio que alivie a dor quando chega a hora.

Quando chegou a hora, quando recebi a ligação, após o choque inicial, chegou a hora de encarar as coisas do jeito que eram. Éramos três irmãs e duas sobrinhas em Brasília e, diante das circunstâncias, não tínhamos condições para que todas fossem ao enterro. Uma das irmãs estava com um bebê de colo e eu... Bem, eu não tinha estrutura para ir, nem estrutura financeira para bancar a viagem ou mesmo estrutura emocional ou psicológica para enfrentar a situação. A solução foi que apenas uma das irmãs iria, Lena, representando as outras.

Existe uma passagem em Eclesiastes que gosto muito e que representa esse momento para mim.

"Há tempo para tudo, para tudo há uma ocasião certa; há um tempo certo para cada propósito debaixo do céu: tempo de nascer e tempo de morrer, tempo de plantar e templo de arrancar o que se plantou, tempo de manter e tempo de curar, tempo de derrubar e tempo de construir, tempo de chorar e tempo de rir, tempo de prantear e tempo de dançar, tempo de espalhar pedras e tempo de ajustá-las, tempo de abraçar e tempo de se conter, tempo de procurar e tempo de desistir, tempo de guardar e tempo de jogar fora, tempo de rasgar e tempo de costurar, tempo de calar e tempo de falar, tempo de amar e tempo de odiar, tempo de lutar e tempo de viver em paz[1]".

Falando sobre esse momento, me emociono muito porque, se me pedirem para falar da mamãe, o que eu vou contar são momentos bons. Quando penso nela, tenho lembranças boas. Como não tive como ver a mamãe nesse

---

1 Eclesiastes 3:1-8 – da versão de Joyce Meyer.

período, a imagem que ficou em minha mente era de quando a mamãe estava bem, quando nos despedimos, quando ela me apoiou e me desejou sucesso.

Por um lado, me sentia feliz por ter ficado com as boas lembranças, por não a ter visto sofrendo; por outro lado, não ter ido ao funeral, não a ver no caixão, foi muito difícil para mim na época, me gerou um sentimento de culpa e algo que me trouxe dor durante muito tempo.

Foi como se eu não tivesse feito o funeral dela. Foi como se não tivesse me despedido de fato. Durante muitos anos, levei comigo esse sofrimento espremido e essa sensação estranha de culpa no peito.

> Minha mãe era raiz e, quando a perdi, foi como se a planta que eu era também tivesse morrido; mas sempre entendi que há tempo para tudo, até mesmo para o renascer.

A sensação era de desmoronamento. Uma sensação que, quando pequena, me lembro de ter presenciado quando houve um terremoto no bairro em que morava em Fortaleza (CE/BR). Foi algo que nunca tinha experienciado e que foi exatamente o que senti tantos anos depois, no dia que mamãe faleceu. Um desmoronamento na minha identidade.

Eu via como se o chão estivesse se abrindo e eu não sabia o que fazer para ficar em pé. Era uma sensação estranha e perturbadora de tentar ir de um lugar para outro para não cair, não perder o chão, mas não existia mais solo que fosse firme o suficiente para me segurar.

Ser você é ser raiz

Enquanto a raiz me era arrancada, eu ia junto. Eu me sentia sendo tragada e enterrada pelo próprio solo que havia me sustentado durante toda a vida.

O ciclo de culpa que sentia pelo luto não vivido de minha mãe só foi se fechar 16 anos depois, quando disse adeus ao meu pai. Naquele momento estava na casa dos 30 e foi, novamente, um período de muita dor para mim porque, ao mesmo tempo em que enterrei meu pai, vi ali também minha mãe. Eu havia levado comigo durante anos o sentimento de culpa e os questionamentos acerca dos porquês de aquilo ter acontecido da forma que foi, mas ter ido sepultar meu pai foi, estranhamente, um momento que me trouxe conforto.

Na verdade, acredito que ter ido para o enterro do meu pai foi positivo, pois me trouxe a sensação de que tinha o poder de decisão de ir ou não ir, poder este que não tive na época do falecimento da mamãe.

Quando soube da notícia do falecimento do meu pai, já morava nos Estados Unidos e decidi que iria sim ao funeral. Disse que segurassem tudo, que embalsamassem o corpo, que esperassem minha chegada, pois eu iria ver o papai e participar desse momento de despedida.

> Ao longo da vida, percebi que é importante não depender de ninguém para ser feliz. Mas não importa o quanto, você será o maior impactado pelas decisões tomadas.

Não poder tomar decisões, depender de outras pessoas para tomar decisões por você é algo que eu não gosto e que tive que aprender a deixar para trás. Se deixa que alguém decida tudo por você, se passa a viver à mercê do desejo de alguém, acaba deixando para esse alguém decidir sobre a sua felicidade.

No falecimento de mamãe eu me questionei: "por que eu não posso ir?". Eu era menor de idade e precisava de autorização para viajar, eu tinha que comprar uma passagem e não tinha dinheiro. Acima disso tudo, eu não tinha escolha. Estava amarrada ao que as outras pessoas diziam que eu podia ou não podia fazer. Eu queria fazer, mas não podia. Queria ter ido ver a mamãe antes que partisse, queria ter ido ao seu funeral, mas não podia. Gostaria de ter tido a escolha.

O que me consola foi saber que, mesmo minha mãe sentindo muita dor, estava feliz. Minha madrinha estava ao lado dela e me disse que ela ia tranquila sabendo que os filhos estavam bem.

Minha mãe era uma fortaleza. Ela se ressaltava por suas características de força e conforto. Qualidades que admirava muito nela e que sempre tentei me espelhar, que sempre acreditei que poderiam me dar combustível para me reerguer quando precisasse, assim como ela fez tantas vezes.

Foi nesse cenário de construção e reconstrução de mim que me tornei uma jovem alerta. Embora tenha passado tantas turbulências até então, eu sempre tive uma família que me cuidava, no sentido literal da palavra e no mais subjetivo também.

Minhas irmãs são cinco, quatro biológicas e uma sobrinha que também tenho como irmã, pois fomos criadas juntas. As minhas irmãs eram – e são até hoje – muito amáveis comigo; também tenho dois irmãos biológicos e um sobrinho que considero como irmão. Ele talvez seja quem mais fez parte da minha infância e adolescência. As minhas irmãs, eu sempre tive com elas espaço de aconchego e momentos de aprendizagem. Elas me ensinavam constantemente coisas da vida e de como se cuidar. Mesmo assim, eu sempre senti falta de referência ou algo que ainda estava em busca.

Recebi muitos conselhos sobre relacionamentos e alertas para não me deixar envolver com pessoas que não fossem legais para mim. Elas falavam para não usar drogas e não tomar bebidas alcoólicas. Sentir esse cuidado que tinham comigo era muito importante e eu dava muita atenção a tudo que me diziam.

O meu primeiro relacionamento sério, por assim dizer, foi algo que me abalou, literalmente. Aos 17 anos, a insensatez era mais insistente que a sabedoria e me levou um tempo para que entendesse o caminho mais correto e digno para alcançar a felicidade. Hoje, consigo olhar para tudo e me arrepender dos erros que cometi e agradeço a Deus por Ele ter me dado a sabedoria de mudar o meu destino e ressignificar minha história.

Mas o bom disso tudo – se é que pode haver algo de bom em um caso desses – é que a experiência me fez perceber o quanto sou convicta dos meus princípios morais e da capacidade que tenho de defendê-los.

Plantada em meus valores, eu não aceitava aquela situação. Ele possuía uma bagagem muito grande e que eu não tinha intenção nenhuma de carregar comigo, além das que eu já tinha. Não tinha paixão arrebatadora o suficiente para me fazer ceder ao que acreditava ser certo e me lembrei imediatamente da história que tinha vivido na pele na minha infância.

Mesmo sem saber como, onde ou com quem, sabia que eu precisava construir a minha família com uma base feita de amor, alegria, felicidade e companheirismo, sem mentiras e sabia que ele não me traria isso, ele era o oposto do que eu desejava. Apesar de ser um homem trabalhador e honesto, os valores dele não eram os meus. Mesmo assim sou grata a Deus por tudo o que vivi. Foi por essa visão que consegui escolher outro caminho.

> Não dá para construir a sua felicidade sobre a tristeza de alguém. Não espere o bem ou grandes recompensas quando não há compaixão para com o próximo e isso deve começar por você. Ame a si próprio, essa é a regra básica para ser feliz.

Relacionamentos são escolhas e construções. Você precisa saber fazer suas escolhas de acordo com o que é importante para si, para conseguir construir um futuro em que esteja feliz verdadeiramente, e não por estar vivendo pelo outro.

Mas isso não é algo fácil de fazer porque, primeiro, não é tão simples de reconhecer. Quando conhecemos alguém, não conseguimos ver de cara tudo que está por trás. Você não sabe só de relance se aquela pessoa por quem você se sentiu atraída tem os mesmos valores que você, não dá para saber logo no primeiro encontro, na primeira conversa, se o que é importante para você, é para ela também.

Ser você é ser raiz

Quando se trata de relações entre pessoas, você não tem como prever o que virá. Mas é possível prever os seus resultados mediante as suas atitudes e escolhas. Eu escolhi ser feliz e continuo a construir os meus sonhos baseados nos meus valores.

Não tem como saber se o futuro que você quer está alinhado com os desejos para o futuro daquela outra pessoa.

> O importante não é acertar a escolha de cara, mas é saber, conhecer os seus próprios limites, até onde você vai.

Eu mesma tive dificuldade nas minhas primeiras escolhas e cheguei até a pensar que era um tipo de padrão comportamental, uma perseguição dos fantasmas do passado para me assombrar na vida adulta.

Depois, tive um relacionamento que me trouxe coisas boas, mas que se relevou como sendo um erro, uma repetição de emoções mal resolvidas do passado, e esse até perdurou por mais tempo – cinco anos para ser exata.

Nós nos conhecemos em um evento em que eu era a organizadora, na época em que começava a adentrar na carreira excitante e inusitada: corredora de Fórmula Ford. Começamos a namorar ao mesmo tempo em que minha carreira de pilota crescia.

Para me destacar no meio profissional em que estava, eu participava de muitos eventos, ganhei patrocínios e ia fazer divulgações. Sentia dele certa insegurança nas coisas que eu fazia, me seguia aos eventos como uma sombra e reclamava de coisas que me davam a boa posição em que estava.

Eu estava bem quando ele resolveu ir para a França. Com dupla cidadania, do Brasil e da França, ele tinha respaldo na área em que trabalhava e tinha uma grande oportunidade de trabalho que o levou a me convidar para ir morar fora do Brasil com ele.

Entenda que a Ju daquela época, menina jovem e cheia de sonhos que era, tinha vontade de conhecer o mundo. Eu não conseguia aceitar que a vida era "só isso". Pelo que eu escutava e lia, o mundo era para ser algo enorme e grandioso, mas eu só conhecia aquele mundo "aqui dentro" e ele me era muito pequeno. Para mim, o mundo tinha que ter algo mais para descobrir, para viver, para ser.

Um convite para ir à França e conhecer uma parte do mundo "lá fora", uma oportunidade de descobrir as grandezas, era algo tentador para mim e acabei concordando em ir com ele.

Porém, ao deixar o Brasil, tive que deixar também a Fórmula Ford. Eu embarquei para a França para uma vida totalmente diferente da que eu havia conhecido até então. Eu não podia trabalhar lá e passei meu tempo dividida entre estudar francês, caminhar e visitar exposições. Não posso negar que era uma vida confortável e estruturalmente boa, mas sem propósitos – sentia um verdadeiro vazio.

Voltamos ao Brasil e fomos morar no Rio de Janeiro, onde montamos um negócio bem posicionado no mercado e que crescia muito. Mas, no fundo, não sentia naquilo respaldo pessoal. Eu tinha na empresa meu nome, não passava disso e, por vezes, nem isso sentia que tinha completamente.

Aos poucos, eu me sentia como que tolhida e que aquele relacionamento era um erro. Podia até ser uma pessoa maravilhosa, mas não era para mim. Ele dizia querer e saber o que era melhor para mim, mas não! Ele sabia o que queria para ele e, naquela época, eu ainda não sabia o que eu queria exatamente. Mas sabia o que eu não queria, sabia o que precisava tirar de ruim da minha vida e foi quando comecei a tomar o norte da minha vida.

Acho que ele percebia que eu não sentia segurança nesse relacionamento. Ele queria ter filhos comigo e eu tinha medo de engravidar, dizia que não, primeiro precisávamos casar e, para que eu casasse, ele deveria mudar hábitos e costumes com os quais eu não concordava.

Eu via muitos de meus fantasmas do passado nesse relacionamento, mas não dava importância à minha percepção. Possuíamos uma relação que não era tanto de namoro, mas uma relação de dependência afetiva. Um homem 23 anos mais velho do que eu. Notei que eu sempre procurava me relacionar com homens mais velhos, porque sentia uma carência, carência de pai que tentava preencher com os relacionamentos amorosos. Porém, agora eu reconheço que era um erro, mas confesso que aprendi muito com ele. O parceiro de relacionamento e trabalho também foi sempre carinhoso comigo.

Hoje vejo que esse é o maior erro que eu, como mulher, cometi. Você não pode projetar a carência familiar em ninguém, principalmente em um namorado. Pai é pai, afago de pai é de pai, não cabe nessa equação relação sexual e tampouco cabe o inverso.

Você não pode buscar carinho de pai em um namorado ou marido. Torna a relação injusta. Talvez ter uma relação assim, com alguém mais velho e que tenha esse sentimento paterno, pode gerar uma segurança, certo conforto até. Você pode encontrar até o aconchego que sentia falta, mas ao mesmo tempo não é bom.

Julie Carroll

Uma das coisas que atrapalhavam nosso relacionamento era eu me sentir impedida de voar. Eu queria voar, precisava fazer algo significativo por mim mesma que me trouxesse sucesso, e sempre tinha alguém que me impedia de levantar o voo. Era a figura do meu namorado quem me prendia ao chão, quem não me permitia tomar a decisão para onde ir. Na verdade, era eu quem me sentia incapaz e insegura de começar sozinha, ninguém prende ninguém, eu me aprisionei nos meus pensamentos e assim acontece com outras pessoas, cada uma presa dentro de si mesma.

Mas perceba que, numa família, filho não toma decisão, quem toma decisão é o pai e eu me sentia assim, como não podendo ter sonhos ou desejos próprios porque a decisão final não seria nunca minha, existia uma hierarquia desigual que não deve existir nunca num relacionamento.

A única coisa que eu podia fazer era adiar e empurrar a situação para que não se agravasse e, assim, eu sempre hesitei em casar e ter filhos. E foi o que fiz, até o dia em que me dei conta do que estava fazendo e me peguei a pensar quanto tempo eu conseguiria continuar levando aquilo.

> Não posso me sustentar numa raiz que eu sei que não vai sustentar a árvore que eu quero criar.

Eu precisava quebrar essa raiz que se expandia, e que eu sentia que não poderia me prover da fortaleza necessária para construir a história que eu queria. Bati o pé, como sempre faço quando percebo algo decisivo em minha vida, e

Ser você é ser raiz

disse para mim mesma: "A partir de hoje tenho que colocar na minha cabeça que não quero mais esse tipo de relação, porque todas elas me deram prejuízo".

Se você me perguntar sobre essa experiência, posso dizer sim que eu errei. Claro que sim, todo mundo erra, mas ainda bem que eu errei! Mesmo que soe estranho, eu não me arrependo de nada que fiz até então, nem mesmo as relações que deram errado, pois tudo o que aconteceu na minha vida me fez pensar sempre em como poderia ser mais forte e o que devia fazer que me tornaria uma pessoa melhor. Acabava sempre por utilizar dos erros para crescer em meio aos conflitos. Sou grata a Deus por tudo que vivi e experienciei com este relacionamento, porque, de certa forma, ele foi um namorado especial e que cuidou muito de mim durante um período de transição da minha vida; aprendi demais com ele e espero que ele esteja hoje tão feliz como eu estou.

> Eu sou este acúmulo de vivências,
> sou a soma de todas as minhas experiências.
> Sou esta mulher com fraquezas e forças para
> seguir em frente, olhando para o presente,
> mas com propósito de sempre seguir em frente.

Porque raiz se fortalece nas tempestades, cava fundo e se agarra as suas bases.

Como diz o Profeta Jeremias nas escrituras judaicas: "Bendito aquele que confia no Senhor, e cuja esperança é o Senhor. Porque é como árvore plantada junto às águas, que estende as suas raízes para o ribeiro, e não receia quando vem o calor, mas a sua folha fica verde; e no ano de sequidão não se afadiga, nem deixa de dar fruto[2]".

---

2 Jeremias 17: 7- 8

Ciclo de vida

Não sei explicar como isso acontece ou mesmo o porquê, mas março e maio são meses peculiares em minha vida, de forma recorrente. Parece algo um tanto cósmico, porém, por mais que não entenda, coisas importantes costumam acontecer entre março e maio. Ao contar as memórias até aqui, fui revisitando esses momentos que, coincidentemente ou não, aconteceram em tais meses.

Março, por exemplo: acho que, não foi por acaso que minha mãe faleceu em um mês de março, pois foi no mês de março que eu noivei e o mês do nascimento do meu filho. Não é à toa que março marca a chegada dos botões de flores, dando os primeiros sinais da primavera.

Em abril, o mês que fica ali encaixado entre março e maio, foi o mês de nascimento da minha filha. A minha filha sendo mais uma flor que se abre na minha vida, como a primavera que chega ao hemisfério Norte.

Maio é o mês das mães em mais de 40 países. E aqui nos Estados Unidos, é também o mês do aniversário de meu esposo; na minha vida, maio é o mês de transformações, de passagens e renovações de ciclos, acredito nisso.

Esse foi o período do ano em que engravidei do meu primeiro filho e foi também o mês em que recebi a notícia sobre meu pai e tive que correr ao Brasil para seu enterro, dois dias antes do aniversário do meu esposo. Também foi em maio que iniciei negócios importantes e significativos aqui nos Estados Unidos.

Ser você é ser raiz

Os meses são marcados por eventos e pessoas que ficam na nossa memória.

A memória de minha mãe é tão vívida em minha mente como o brilho de uma chama de uma vela acesa num cômodo escuro. Ela está lá, indiscutivelmente lá, e eu a vejo, mesmo no escuro consigo distinguir exatamente como é e de onde vem a fonte que ilumina todo o espaço mostrando o que os olhos não podem ver. Não imperar o que os olhos não alcançam, mas sim o que é significado dentro do seu pensamento.

Guardar essa lembrança, ter essa luz acesa dentro de minha mente, me ajuda a enxergar o que não poderia ver apenas com os olhos, me ajuda a buscar novos pontos de vista. Como uma luz de alerta, consigo escutá-la me aconselhando e me dizendo o melhor caminho, me fazendo companhia sempre que preciso de toda a fortaleza e conforto que ela dispunha.

Penso que se estive sempre tão atenta e firme em fazer o que achava que era certo, foi porque a trazia comigo. Se sempre estive em busca de ser melhor, foi porque ela me guiava. Quando digo ser melhor, eu quero dizer viver coisas maravilhosas.

Também não pode ter sido ação do acaso o fato de que o homem com quem me casei e construí minha família, com quem compartilho todos os momentos de minha vida, faça aniversário em um mês de maio.

De maio em maio, nossa família tem o prazer e a alegria de celebrar sua vida, e eu tenho a oportunidade de agradecer por sua presença em minha vida. Ele estar comigo em todos os maios durante todos esses anos me ajudou a passar por todos e cada um desses acontecimentos.

Julie Carroll

Sua presença palpável como o calor de um abraço, como uma sensação boa de acolhimento, todos os momentos, fossem eles bons ou não, está sempre presente.

Não à toa, eu sou muito agradecida aos meses de março e maio.

Semeando

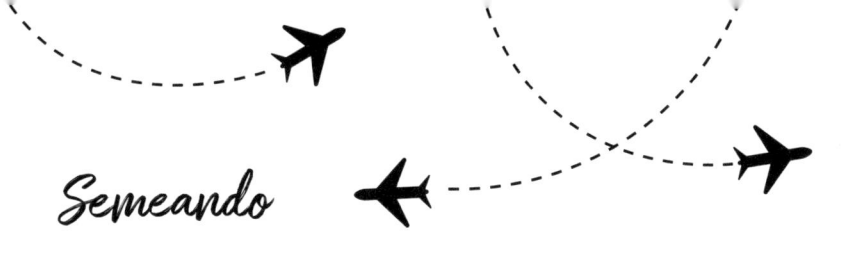

Revisitando mentalmente todas as viagens que fiz, todos os países e culturas que conheci, me permito dizer que as viagens não são só os destinos que escolhemos. Viajar por viajar não é tão satisfatório quanto viajar com um propósito.

Quando você está em um lugar por alguém, você está vivendo o sonho de alguém, você não está vivendo o seu sonho.

Eu fui à França pela primeira vez com uma mala cheia de sonhos e expectativas, porém pelos motivos errados. E não me entenda errado, a França é um país muito rico de cultura e belezas e eu vi isso.

Ao voltar lá muitos anos depois, com meu marido e depois ainda com meus filhos, me fez ter uma visão completamente diferente daquele lugar. Quando cheguei a Paris com minha família, parei e falei para meu esposo: "Caramba! Como é gostoso estar nesse lugar com as pessoas que eu amo!".

Viver a França como vivi, as duas vezes, foram experiências completamente diferentes. Ao ir com eles, pela segunda vez, ao ver meus filhos brincando e correndo, ao parar para tomar sorvetes e aproveitar a vista com meu esposo, eu pude perceber claramente que, naquele momento, estava vivendo o meu próprio sonho, estava traçando um novo rumo na minha vida que realmente se encaixa com quem eu sou, com o que eu quero.

Eu estava lá porque queria, e esse simples fato mudou tudo.

Como escrevi no prólogo, tenho muito carinho por uma foto que tiramos lá, eu e meu marido, sentados em um banco em frente à Torre Eiffel, e que ornamenta nosso quarto. Como foi bom estar lá com a minha família, guiada por Deus, mas por escolha minha. Eu estava feliz e não era porque alguém tinha mandado que assim fosse.

Até os lugares que visitamos, pode ter muitas paisagens da mesma janela, dependendo de como você olha. Para mim, aquilo tudo era tão lindo, aquele era um lugar tão especial e que, mesmo tendo vivenciado tantos anos atrás, me parecia completamente novo.

Para mim, todas as pessoas precisam achar o lugar que possam reviver da sua maneira, nem que esse lugar seja dentro de si mesmas.

Eu não me contentei em aceitar o que a vida dava e viver os caminhos mais rápidos ou mesmo os mais fáceis para chegar aos lugares comuns e, se hoje você está lendo este livro, é porque nunca deixei que ninguém escrevesse minha história por mim.

Foi por meio de experiências, tentativas e erros que me tornei uma pessoa que olho e me agrada ser. Foi por conta das tribulações que vivi que soube como construir uma família estruturada e de bases tão sólidas.

Foram as minhas decepções, inclusive, que moldaram minhas escolhas. Não ter achado o solo fértil do qual precisava para plantar o que queria ser foi muito importante para eu ir atrás do solo correto, buscar o lugar a que pertencia.

É importante viver tudo na sua vida, até as decepções, elas podem ser sinalizadoras de um solo fértil, mas somente se você quiser transformar e estiver disposto a trabalhar nele.

Uma vez, no divã da minha psicóloga, ela me falou uma frase parecida a esta aqui: "Julie, não importa o ponto de partida, mas sim ponto da chegada". Ou seja, a minha história pode ser mudada de acordo com os meus sonhos e em busca de novos sentidos.

Raízes em movimento

Toda família devia ter uma irmã como você. Se eu for descrever suas qualidades, eu vou ocupar todos os capítulos do seu livro, e mais um pouco.

Queria lhe dizer que você é uma irmã maravilhosa! Eu sou a pessoa mais sortuda do mundo por ter crescido ao seu lado, a sua presença ilumina e abençoa a minha vida, não só a minha, mas a de todas as pessoas que te rodeiam. Você sabe o tanto que você é especial, por isso eu aprendo tanto com você.

Todos os dias, quando acordo, agradeço a Deus por ter você na minha jornada, me passando todos os dias essa virtude de viver e ver a vida. Com você, eu aprendi que a humildade enriquece o homem, que ajudar ao próximo nos faz feliz – simplesmente ajudar e fazer um ser humano feliz é muito bom.

Aprendi com você porque é desse jeito que você é: especial e iluminada. Eu costumo dizer que "Deus fez você, e jogou a forma fora". Deveria ter mais Julies nesta vida, para este mundo ser bem melhor e, com certeza, todos os seres humanos seriam mais felizes.

Você é uma irmã, amiga, companheira e confidente, que está sempre comigo nas horas tristes e felizes, me levantando e se doando sem pedir nada em troca, simplesmente pelo dom de amar.

Você sabia que Deus dá as batalhas mais difíceis para os seus melhores soldados?

Minha garota das asas! Asas de anjos e anjo de guarda. Eu te amo para sempre. I love you!

Juissilma, irmã.

4
Quando há flores no caminho

"O amor é a única flor que brota
e cresce sem a ajuda das estações."

Khalil Gibran, poeta libanês

CAPÍTULO 4 | QUANDO HÁ FLORES NO CAMINHO

A viagem, sem apreciação das descobertas, não faz sentindo chegar ao destino. Curtir o caminho também é parte da viagem.

Sendo alguém que viaja muito e gosta de conhecer lugares novos, percebo que até mesmo o caminho faz parte da viagem. E isso é algo que não é levado muito em consideração por diversas pessoas. Como mencionei no prólogo, a minha psicóloga me disse: "Ju, não importa o ponto de partida, mas sim o ponto de chegada". É fundamental apreciar o percurso, a jornada.

Eu entendi a importância de ter um objetivo, mas percebi também que várias pessoas vivem experiências de turistas, e muitas vezes querem somente chegar ao destino, e nessa correria, esquecem o caminho que as levou até lá. A estrada conta como principal meio para a realização, por isso mesmo vá devagar e aprecie cada esquina e cada curva, pois é nela que haverá a existência.

Quando saímos para um lugar, pensamos no final. Assim que decidimos para onde vamos durante o final de semana, as férias ou uma viagem especial, planejamos tudo desde o início, pensando no destino. Pesquisamos os lugares mais bonitos e mais interessantes para visitar.

Quando alguém fala em viagem, já viajamos para o lugar e começamos a imaginar tudo o que pode ser imaginado. Porém, honestamente, quantas vezes você já fez uma viagem pensando no caminho que faria?

Ser você é ser raiz

Essa reflexão não me apareceu de repente, mas agora, enquanto escrevo o livro, posso perceber que essa é uma situação que não se aplica somente às viagens.

> Eu fiz muitas viagens em minha vida, e sempre tento prestar atenção às flores; também aos espinhos no caminho. Pois é ao longo do caminho que acontecem grandes transformações.

Usando da metáfora, desde que resolvi por mudanças na minha vida, que queria reescrever a minha história e ressignificar meu passado, eu passei por muitos momentos de sonhos e por muitas horas de imaginação, tentando visualizar como seria quando conseguisse construir minha nova vida, da maneira que idealizei. Para mim, a ressignificação não é esquecer os momentos desagradáveis que passei, mas sim tirar proveito de tudo que sirva para o meu crescimento. Hoje eu sou esta mulher forte, determinada, objetiva, amável porque dei novo significado a tudo e todas as experiências que vivi.

Porém, enquanto não chegava "lá", tive que aprender a aproveitar o caminho. Aprendi a enxergar as belas nuances do processo. Hoje percebo que fiz disso algo importante, algo educativo, uma ferramenta de crescimento profundo.

Eu passei muito tempo tentando me encontrar e achar um espaço social em que me sentisse confortável, que preenchesse minhas necessidades e anseios em relação ao destino que desejava.

Já minha filha, ao contrário, chegou até mim na flor dos seus seis anos e disse, com muita confiança, que queria ser cirurgiã. Ela estava muito certa de sua decisão e, pensando um pouco, completou com "estou em dúvida se vou ser cirurgiã cardíaca ou neuro".

Claro que nada na vida acontece sem nenhum motivo aparente e, quando ela me disse isso, pude pensar sobre vários fatores que a levaram a "tomar essa decisão". Ela assiste a muitos seriados médicos na TV e, há um tempo, uma situação em particular a marcou fortemente durante uma viagem que fizemos a New York.

Ela brincava no Central Park e foi até a saída na mesma hora em que um senhor fechou o portão e o dedo dela acabou preso e muito machucado. Nessa mesma época, meu sobrinho, que é cirurgião ortopédico, havia sido selecionado para participar de um *internship*[1], em New York, de transplante de joelho. Ela estava visitando-o de férias. E lá pôde ter essa experiência; ele a socorreu e a levou ao pronto-socorro mais perto.

Meu irmão/sobrinho Rogério me contou que ela havia ficado imobilizada, mas que tinha lidado bem com a situação. Logo depois desse episódio, ela me disse: "mamãe, mais do que nunca, eu quero ser médica. Eu tenho curiosidade e adoro cuidar e salvar vidas, adoro ver as pessoas se recuperando. Essa é a minha profissão".

---

1 Em português: "estágio". Nas faculdades de Medicina, o primeiro ano de treinamento após a graduação chama-se, nos Estados Unidos, de *internship*.

Ser você é ser raiz

Na idade dela, eu não possuía ideias tão claras na minha mente. Talvez por eu ter tido uma infância muito turbulenta, com altos e baixos e sem exemplos de referência profissional. Esse foi um dos aspectos que precisei de grande ajuste para desenvolver na minha mente. Porém, reconheço na minha filha a minha determinação e coragem de fazer e falar o que se pensa sem medo e sem hesitar.

Ao passar do tempo, eu desenvolvi uma sede enorme por aprendizado que busquei saciar a todo passo do caminho. Mas o que eu procurava não conseguia encontrar, mesmo indo em várias direções. Foram tantos conflitos em minha *persona*, por isso tentei viver vários papéis profissionalmente, talvez porque eu estava sem um propósito e sem apreciação do caminho.

Eu não tinha a mesma convicção da minha filha e atribuo minhas incertezas e receios profissionais pela falta que sentia de guia e condução, de mentoria. Eu até sabia do que gostava – sabia que gostava de falar muito! Disso eu tinha certeza. Mas, em frente às opções, havia a hesitação. Eu pensava em tudo que poderia dar errado; e a incerteza me fazia mudar de ideia.

Minha primeira experiência profissional foi em Brasília (BR) em uma clínica de odontologia. Fiquei lá durante três anos e fiz alguns cursos na área para me ajudar no trabalho. Quando cogitei prestar o vestibular para entrar no curso de odontologia e seguir carreira, vi o preço da faculdade e... *Forget about it*[2]! Investir muito dinheiro para fazer uma faculdade que eu nem tinha certeza de que ia gostar? Esquece, acho que não devo!

Na época, a vida não era tão cômoda quanto é hoje, com o carro elétrico na garagem e celular disponível para ter

---

[2] Termo em inglês que significa "esquece isso", uma forma de "deixar para lá" o assunto em questão.

acesso a qualquer informação. Acordava às cinco da manhã, pegava dois transportes públicos até chegar ao trabalho. Eu era a responsável pela abertura e fechamento da clínica, bem como pela limpeza. Durante o caminho, eu valorizava cada momento vivido e dizia para mim mesma: "Julie, isso é temporário, não desista, tudo tem sua recompensa". E assim foram três anos da minha jornada diariamente.

Claro que, de toda experiência, existe sempre um aprendizado para extrair e, na clínica, essa experiência era de monotonia e repetição. Aí você pode pensar e eu lhe respondo que: lá eu me senti presa e sentir-me presa àquela rotina tediosa não era algo que eu queria para minha vida. Não combinava com o meu temperamento. Aventureiro e de liberdade.

> Eu sempre me senti como se fosse um pássaro. A minha irmã Juissilma me chamava de "garota das asas" e é assim que eu me sinto. O pássaro, desde o nascimento, quer voar, e era isso que eu queria. Eu precisava sentir a liberdade de voar alto, sem que me fossem impostos limites.

Aquela sensação de uma "vida presa" me fez dar conta de que, embora não tivesse definido em minha mente o que buscava profissionalmente, eu tinha convicção do que NÃO QUERIA para minha vida – do que não queria fazer e do que não queria viver. E continuava a me perguntar qual era o meu propósito de vida.

Por vezes, saber o que não quer é um passo importantíssimo para descobrir o que se quer. Viver um ideal tinha que ser algo extraordinário. Amo esta frase da Oprah Winfrey, "O que eu sei de verdade é que você não foi feito para murchar e se tornar menor do que é, mas para desabrochar e se tornar algo muito maior[3]".

Durante o caminho existiram outras experiências profissionais, das mais variadas possíveis, mas a procura se baseava sempre no mesmo pensamento: "Meu Deus do Céu, eu tenho que encontrar alguma coisa que vai me despertar aquela paixão!".

> Para mim, trabalho que gere recursos e uma ocupação não bastam. Tem que ter algo a mais, além. Algo pelo qual sinta paixão e que brilhem meus olhos. E que eu possa deixar algum ensinamento para alguém.

Eu sabia do potencial que existia dentro de mim, e sabia que precisava achar uma forma de explorar e desfrutar de todo esse potencial.

Foi quando entrei numa empresa imobiliária em Brasília que senti, pela primeira vez, que poderia ser aquela a minha carreira, que poderia ser ali que meu potencial seria explorado ao máximo e foi realmente um período em que me dei conta do quanto poderia ser muito boa em algo. Eu pensei "eu sou muito boa em vendas! Não boa, apenas. Eu sou *top*!".

---

3 Excerpt From. *O que eu sei de verdade*. Oprah Winfrey. https://books.apple.com/us/book/oque-eu-sei-de-verdade/id922601890

Sendo uma das maiores imobiliárias de Brasília, quando entrei tive bons mentores e a certeza de que seria uma excelente corretora.

> O que faz uma pessoa ser boa em algo não é apenas fazer bem o trabalho, mas também ter a confiança de que pode fazer – não temer em ir lá e fazer com excelência.

Lembro-me bem de uma situação que me ocorreu no tempo em que estive na corretora que foi bem peculiar. Estávamos reunidos, eu e meus colegas de trabalho, quando entrou um senhor na corretora. Muito simples, ele vestia *shorts* e uma blusa muito básica. Ao ver que vinha de sandálias populares, um dos corretores já foi falando "vai queimar minha vez, vai lá atender, Julie!". Provavelmente estava pensando "Esse é um pobre coitado, não vai comprar nada".

Naquele dia, vendi para aquele senhor várias unidades e ele se tornou um dos melhores clientes meu. Passava pelo período de treinamento e não tinha ainda tanto jogo de cintura para a negociação, mas logo um apartamento transformou-se em cinco e, após algumas semanas de conversa, fechamos a negociação e efetivei a venda.

Ao contar sobre esse *case* profissional, lembro-me de me esforçar para tratar todos que entravam lá da mesma forma, bem vestidos ou não. Esse era meu diferencial. Eu tinha esperança de que venderia, talvez não imediatamente ou talvez não para todas as pessoas que atendia, mas eu jogava com todas as minhas cartas.

> Não importa o momento que você está vivendo ou o que as pessoas veem você fazendo. Você é que tem que ver o potencial que tem dentro de você.

Outro grande potencial que eu trago comigo é falar – falar muito e falar bem. Ser persuasiva e amar fazer conexões. Pensei em jornalismo, uma vez. Mesmo sendo uma profissão que me chamava atenção, mais uma vez bateu no impedimento da falta de recursos para investir.

Nessa estrada cheia de direções, que é o caminho da carreira profissional, já ouvi e tentei várias ocupações. Frequentemente pessoas comentavam sobre minhas qualidades e davam sugestões do que eu poderia fazer – minhas irmãs diziam constantemente que eu devia ser cuidadora, por conta da minha maneira doce de tratar as pessoas a minha volta.

Foi na imobiliária que aprendi a aproveitar as oportunidades que aparecem, mesmo que apareçam bem discretamente, e usei disso durante minha vida – uso até hoje. Entendo que, em cada experiência que passamos, fica algo. Pode ser algo que você não perceba no momento, mas até um detalhe pode abrir portas em nossa vida.

Conheci um piloto da Fórmula Ford que virou personagem importante na minha história, além de grande amigo.

Conversávamos certa vez, quando ele me perguntou "Ju, você sabe dirigir?" – e eu não tinha nem como imaginar isso na época, mas foi nesse exato momento, e por conta dessa pergunta, que começou minha história com a Fórmula Ford.

Ele estava procurando uma parceira feminina e me disse: "Vamos fazer uma viagem e saber se é mais ou menos o que eu acho que é? Você dirige muito bem". Logo após essa conversa, eu estava no Paraguai pilotando em um *rally*[4] amador entre amigos com ele e, pouco tempo depois, já estava me mudando para a casa da minha tia para viver esse momento profissional.

Para que entendam como essa experiência foi forte em minha vida, ainda hoje, fechando os olhos, posso transportar-me para as pistas. Eu consigo me ver exatamente como era: a roupa, os cabelos, os olhos que faiscavam adrenalina. Foi uma temporada passageira, mas valeu a pena por tantas emoções e aprendizados fantásticos que tive e levo comigo até hoje. Inclusive, lá também que desenvolvi ainda mais o meu potencial de vendas, pois negociava com os meus patrocinadores.

Correr na Fórmula Ford era, para mim, quase como uma válvula de escape. Entre os pensamentos que tinha enquanto corria, estavam os meus sonhos e o meu desejo de crescer – eu colocava absolutamente tudo que tinha na pista.

Sentia verdadeira paixão por aquilo e me dediquei muito à minha carreira de piloto. Ao menos enquanto durou. Apesar de ter sido somente uma temporada, consegui patrocínios de empresas importantes. Sempre senti que eu aproveitava meu

---

4 Esporte de diferentes categorias, envolvendo corrida de carros específicos, em superfícies irregulares e com obstáculos.

potencial, que era tudo que sempre quis de uma profissão: sentir-me cem por cento lá.

Eu me sentia feliz fazendo aquilo. Mas é claro que nem tudo são flores e, por muitas vezes, eu pensei estar em um mundo solitário e fechado, por conta da predominância masculina nas corridas.

Quando chega uma piloto mulher, começam as especulações, começam a dizer que só conseguiu patrocínio de tal ou tal marca por ser mulher e usar de artifícios fora a capacidade e competência na corrida – e eu vivenciei isso, que acabou se tornando um dos motivos de eu ter saído da Fórmula Ford.

Apesar do preconceito, sempre que penso no meu tempo de corredora, minhas lembranças são de felicidade e PODER.

Quando dentro do carro, eu sentia poder, sentia apenas isso. Sentia-me como dona do meu próprio nariz, totalmente consciente do carro e em seu controle. Eu era a que tinha o poder de conduzir os meus desejos, o meu querer. O carro respondia a mim, somente. Ele iria para onde eu o guiasse, sem restrições.

Pilotar me trazia uma sensação de liberdade que nunca havia sentido antes. Eu sentia como se nada nem ninguém pudesse me parar ali – aquilo era eu sendo eu mesma, expressando meus mais íntimos desejos ali na pista.

Aqui terminou mais um pedacinho da minha jornada, pedacinho este valorizado e apreciado por mim.

Nessa época, estava em fogo e realizei muitas coisas, obtive muitas conquistas. Organizei muitas festas, eventos, fui modelo, fui para França com o meu namorado e estudei francês. Eu recebi muitas propostas, algumas boas e outras ruins, mas soube separar, porque cheguei ao momento que eu já sabia bem quem era e o que eu queria ou não fazer.

Quando voltei da França, senti-me mais uma vez barrada, impedida. Montei uma empresa em sociedade, uma fábrica que terceirizava produtos para outras marcas revenderem. Tínhamos uma fábrica no Rio de Janeiro que era dividida meio a meio, entre mim e o outro sócio. Mas o que acontecia é que sentia que eu trabalhava, vendia, me esforçava, mas não via a cor desse dinheiro de forma justa.

Meu sentimento era de que eu trabalhava na fábrica, trabalhava nas vendas, fazia contatos importantes e fechava contratos grandes e um deles chegou a milhões. Eu usava o meu potencial em vendas e vendia e vendia e vendia, mas não via o reconhecimento de tudo isso, era algo meio desigual, talvez o meu valor não fosse reconhecido. Eu me sentia sem acesso aos resultados por produtividade, portanto não tinha a autonomia que merecia. Foi por meio dessas percepções que um dia cheguei até o meu sócio e disse: "nossa sociedade *is over*[5]". Na época, eu já estudava e cogitava outra carreira profissional (estética facial e corporal), pois já estava planejando montar um *spa* com a minha irmã do meio, em Brasília.

Há quem diga que o desconhecido é desconfortável. Que é "melhor ter um na mão do que dois voando", que eu deveria ter estado feliz e satisfeita com o conforto que já conhecia, e não ter buscado algo desconhecido que poderia não ser tão bom e seguro.

---

5 Expressão em inglês que significa "está acabado" – usada amplamente para descrever algo que vinha acontecendo e chegou ao fim.

Mas a questão é que eu queria desenvolver meu potencial. Eu não era e não sou dessas pessoas que gosta mais de conforto do que de crescimento – e tudo bem ser assim.

> Posso até não saber o que quero fazer em relação a uma atividade profissional ou acadêmica, mas eu sei o que quero como pessoa: eu quero e preciso desenvolver o potencial que existe em mim.

Eu sempre soube separar sucesso de realização. Eu fazia algo e, quando percebia que aquilo me impediria ou já impedia de desenvolver meu potencial, entendia que aquilo não servia para mim. Isso sim sempre foi muito claro. Não me importa ser bem-sucedida no fazer, sem me sentir realizada em estar utilizando bem a minha capacidade de desenvolvimento.

Terminada a sociedade, fui abrir o meu *spa*. Eu tinha estudado estética facial e corporal e, além das técnicas, aprendi muito sobre autoconhecimento e autoimagem, algo fundamental para vida.

> Muito mais do que importante, é fundamental que você se ame. O amor a si mesmo nasce também com o cuidado com o seu corpo e a sua própria imagem. Você precisa olhar para o espelho, amar o que vê e ser menos dura consigo mesma e julgar menos.

Ao olhar-se no espelho e ouvi-lo falando "nossa, como você está ótima!" –, a sua opinião de você mesma é a melhor coisa que você vai ouvir, é a maneira como você está se sentindo. E, cuidado, porque o espelho vai te falar quando você não estiver bem, também.

Por vezes nos olhamos no espelho e ele parece sussurrar em nossos ouvidos "estou um trapo, não quero nem pôr uma roupa para sair de casa, quero ficar de pijama o dia inteiro debaixo das cobertas" e então, nesses dias, o jeito vai ser ficar o dia inteiro de pijama mesmo.

Ali, a sua autoestima está baixa e você não quer que ninguém mais fique te julgando – a própria imagem no seu espelho, o seu olhar para si mesmo já fez isso. Na verdade, o julgamento é interno, aquela cobrança de querer sempre o perfeito com o seu próprio eu.

Quando estudei estética, aprendi que o corpo e a aparência são fatores fundamentais para uma vida feliz. Você precisa estar bem, sentir-se bem, demonstrar estar bem. Se eu quero me sentir amada e feliz, para mim é fundamental estar bem em todos os aspectos, e a aparência e estética também entram aí.

Aprendi com a vida e compartilho sempre que: cada coisa, cada situação diferente exige uma aparência diferente, algo que se encaixe, se adeque àquele momento. É importante entender e perceber a importância da imagem em cada diferente ocasião – pode ser algo que passe despercebido, mas que gera, mesmo que inconscientemente, muito significado, quer queira ou não.

Ser você é ser raiz

Quando vou a uma reunião de negócios, eu entro no meu *"business mode⁶"* e o meu comportamento, desde aparência e roupa, até a maneira de falar, tudo será o mais adequado e apropriado para o ambiente e companhias em que estou. Quando estou nesse modo, eu não quero chamar atenção para algo que não tem nada a ver com o trabalho em si. Eu quero que as pessoas me vejam como a profissional que sou, percebam meus potenciais.

O outro lado que a estética também me fez perceber foi o valor mais profundo do "meu eu interior". Se eu estou me cuidando, se estou bem comigo mesma, a chance de que as outras pessoas me vejam com bons olhos é maior. A primeira impressão diz muito do que alguém vê em você, mas não é tudo. Você pode chegar a ser uma "mulher perfeita", uma personificação dos padrões de beleza e todos a acharem linda, mas não adianta, se por dentro você é uma pessoa amarga e infeliz, se o interior não foi cuidado e tem algo que ainda a incomoda.

> O imperfeito ou perfeito dentro de si é somente como você os percebe.
> O julgamento é algo profundo e difícil de dizer como realmente é na visão de outro.

Por conta disso que, além da estética, eu passei por um longo período tempo fazendo terapia. Houve um tempo em que estava com baixa autoestima e me sentia feia, eu não tinha vontade de vestir nada, todos os meus dias eram como aquele dia que

---

6 Modo de negócios, em tradução literal para o português. É como mudar o estilo para adaptar-se ao mundo dos negócios.

você se olha no espelho e quer passar o dia na cama – eu precisei trabalhar isso em mim e lidar com o que me deixava assim.

> Cuidar do corpo é essencial porque é o corpo que transmite um senso de confiança consigo mesma. Não é só um momento de cuidados, mas é viver um estilo de vida no conjunto da vida. Porém, se só o corpo estiver bem, e a mente não, de nada adianta.

Será uma veste, uma bela veste que de nada te servirá, porque não terá vontade nem mesmo de sair para ter a oportunidade de usar.

Essa experiência com o *spa* foi muito importante na minha vida, mas eu precisei dar um tempo quando conheci meu esposo e quis ir para o exterior estudar. Estávamos namorando e eu decidi ir morar na Espanha por dois anos para estudar inglês e espanhol.

Foi um período de muito comprometimento e dedicação, de muito aprendizado e, até mesmo, de alguns conflitos. Eu precisava aprender o inglês e traduzir do espanhol, e ainda fazer uma terceira associação, para o português. Lembro-me dessa época com carinho e felicidade; mesmo com as confusões entre os idiomas, foi um período maravilhoso!

Na verdade, estava acontecendo o que minha essência pede sempre, estava a explorar o meu potencial de conhecimentos. Eu estava aprendendo dois idiomas; também me conhecendo.

Eu poderia dizer que o meu caminho profissional foi como uma peregrinação e que, durante a peregrinação, eu fui absorvendo tudo. Todas as informações, tudo que havia naquele local, naquele emprego, naquelas pessoas, tudo me enriquecia e me fortalecia.

> São as sementes de flores no caminho que te ensinam a como dar também suas próprias flores. São as informações ao longo do caminho que fazem com que você consiga concretizar fatos que eram antes somente ilusórios.

Se eu não tivesse ido trabalhar no consultório odontológico, eu não saberia com certeza de que aquele era o tipo de trabalho que eu não queria seguir. Assim como as outras atividades e assim como tudo que nos acontece na vida.

Tudo tem a ver com a perseverança. Você perseverar, mesmo que numa peregrinação que já parece sem fim de tão longa, é preciso acreditar no propósito central daquela caminhada, esse propósito será sua fortaleza.

> Como o solo que fornece o nutriente para a planta sobreviver, é a perseverança que nutre a esperança.

As lições que tive com um amigo da imobiliária que trabalhei por um tempo foram fundamentais para isso. Ele me dizia sempre: "Ju, você quer comprar seu carro? Coloque metas! Qual a sua meta desse mês? Tantos reais. Então você tem que ter tantos reais".

Ao longo da peregrinação, sempre que precisei ou desejei conquistar algo, fosse algo material ou não, eu tinha minhas metas datadas. Eu tinha metas até para as questões emocionais. Se aparecia algo que me derrubasse ou que me frustrasse, eu colocava uma data final – uma meta. Eu dizia cá dentro da minha mente que "eu não quero mais me sentir assim, e é a partir de amanhã". Eu fazia ultimatos para mim mesma e eram essas metas que não deixavam que nada continuasse a me derrubar, que não deixavam que nada fosse deteriorando meu espírito.

> Sonho sem data de realização e saber como vai conseguir é só isso, só sonho que ficará nas nuvens e, por mais perto que parece, jamais você poderá tocar.

Mas as datas não estão lá somente para assombrar e pressionar. Elas são metas. Se eu coloco uma meta para realizar e não consigo alcançar no período desejado, que seja, eu preciso analisar o que deu errado e mudar o caminho, mudar a estratégia. E não significa que devo desistir, pois as provas da vida estão aí para serem vividas. Por isso, aproveito cada caminho a ser percorrido.

Se eu pego um caminho todos os dias, é provável que eu saiba tudo o que nele existe. Sei das casas, das cores, as árvores e os cheiros mudam com o tempo, mas o tempo muda tal como mudam as estações, e assim deve ser a nossa visão e percepções da vida. Porém, um dia resolvo ir por outra direção. Eu estou acostumada com o trajeto antigo e encontro, neste outro caminho, poucas casas, muitos buracos, paredes cinzas e pichadas. Eu vou pensar de imediato "poxa, aquele caminho era melhor do que este!" – e já posso voltar tranquila ao caminho habitual, sabendo que é o melhor para mim.

Ou, pode ser o contrário. Eu ando todos os dias por um caminho meio esburacado, um bairro com ruas barulhentas, sem muita segurança, e pretendo comprar uma casa. Então, eu tenho um dinheiro reservado e não quero comprar minha casa ali, mas não conheço nada além daquilo. O que eu preciso fazer? Eu vou primeiro procurar, dentro do meu *budget*[7] por outra casa em outra vizinhança, que se encaixe tanto no meu sonho como no meu orçamento.

Se você busca algo "ideal" e que sempre sonhou, mas você só faz o mesmo caminho, todos os dias, sem explorar os outros trajetos, você nunca vai saber a diferença dos outros. Uma vez, uma grande amiga de Michigan, Lila, me disse: "Ju, você precisa olhar a sua mudança para Atlanta com outros olhos e você encontrará a casa dos seus sonhos". Ou seja, quando uma pessoa está bitolada à mesmice, não consegue ver outros horizontes com outra visão. E com isso, acaba perdendo oportunidades fantásticas.

---

7 Traduzindo como orçamento, *budget* é um termo em inglês utilizado para designar uma determinada verba dentro do orçamento, destinada a algo.

> Se você não sabe o que há além do que conhece, vai sempre estar satisfeito com o que já tem, mesmo que não seja como você sempre sonhou e sempre quis que fosse. É importante mudar os caminhos para explorar novas descobertas e viver experiências incríveis.

A curiosidade pode nos incitar ao aprendizado, é ela que estimula a vontade de realizar sonhos. A curiosidade é o motor para explorar o potencial dentro de cada um. Ela pode ser a motivação ao caminho das descobertas. E são as descobertas que trazem a concretude dos sonhos.

Sabe aquele espelho do começo da história? Onde me vi, no quarto em Atlanta? Lá, naquele espelho, eu me vejo todos os dias como uma Mulher Maravilha – uma parecida àquela que comentei que era meu modelo de pessoa, desde a infância.

Vivendo as suas experiências na sociedade que você vive, no mundo das ideias e sugestões corriqueiras, lendo bons livros, procurando documentários e artigos em revistas, é assim que você vai aprendendo sobre a vida, é assim que vai aprendendo com as lições dos heróis do dia a dia – você começa a ter referenciais para se espelhar. Quem eu quero ser? Eu faria o que essa pessoa fez? É legal ou não isso aqui que aconteceu?

> O espelho de Atlanta me mostra muito de meus modelos de vida, meus heróis reais e ficcionais, muito do que quero ser, mas também muito do que sou. Mostra a minha verdadeira essência de mulher.

Ser você é ser raiz

Não é por eu ver a Mulher Maravilha no espelho que eu parei a minha peregrinação. As suas prioridades devem mudar ao longo da vida, caso não estejam te deixando confortável.

Nada na nossa vida é permanente! Eu falei um pouco antes sobre a questão de marcar datas e se programar, definir suas metas. Mas nem sempre as datas são possíveis de acontecer e, inevitavelmente, chega o dia em que alguma irá falhar. Frustrações acontecem na vida da gente *no matter what*[8], porque a vida é imprevisível. Porém, viver o inesperado é algo, mas permanecer na mesmice e não usar o potencial que cada um de nós tem dentro de si é tolice.

Já aconteceu com você de estar lendo um livro e, ao virar a página, se confundir na leitura porque acabou virando duas páginas de uma só vez, em vez de uma? Assim é a vida. Você acaba virando as páginas errado e, quando para e lê aquilo, pensa "caramba, não lembro disso aqui, o que houve? Fiquei perdido, deixa eu voltar" e é aí que percebe que as páginas estavam grudadas. Isso é a imprevisibilidade da vida.

Vivi algumas outras experiências na área profissional. Fiz faculdade de enfermagem e, quando precisei fazer o *internship* no hospital para completar os créditos que faltavam para a graduação do meu bacharelado, meus filhos precisavam de mim mais do que a faculdade e eu precisava estar lá por eles, minhas prioridades mudaram, foram redefinidas e eu tive que dar uma pausa nessa fase acadêmica.

---

8 Em português "não importa o quê", essa frase é usada coloquialmente para indicar que não importam as circunstâncias, não importa o que aconteça, o que você faça, o que eu faça, não importa o quê, e então, nesse caso, não importa o quê, a vida é imprevisível.

Eu não queria que os meus filhos sentissem a mesma sensação de abandono que senti quando a minha mãe biológica não pôde mais cuidar de mim. Eu queria ser a Super Mãe, e era preciso estar presente. Só que eu descobri que não existe a Super Mãe, mas o que existe é a resiliência, a determinação, a dedicação e boas escolhas que fazemos pensando em quem realmente tem importância, que são eles, os filhos. Foi uma fase de vazio, sem amigos, numa nova cidade, iniciando um novo caminho, com uma jornada a recomeçar.

Mais recentemente, o yoga foi uma fase muito especial da minha vida. O yoga marca uma fase, há 13 anos, quando eu tive uma grande transição em minha vida e fui acometida por uma forte depressão. Logo após ter a minha filha, o yoga foi a base da minha transformação, e foi também o início para transitar para um novo estilo de vida – *a healthy lifestyle*[9]. Foi também quando eu parei de comer carne vermelha.

Seis anos depois, eu mudei para Atlanta. Pela segunda vez, voltei a morar em uma cidade que me trouxe tantas alegrias e um início da minha história do sonho americano. Aconteciam muitas mudanças extremas ao mesmo tempo; acabávamos de nos mudar para Atlanta, tendo morado dez anos em Michigan, e foi um momento em que pensei que "mais uma vez vou ter que dar uma parada na minha vida". Dessa vez, eu olhava para o caminho com uma nova visão de vida. Transformações incríveis estavam acontecendo na minha vida e de toda a minha família.

Mas isso era o medo falando, e não eu. Eu não estava parando, eu estava dando continuidade à nova prioridade, cuidando e fortalecendo minhas novas raízes, que vieram da minha família.

---

9 Em português, significa literalmente "um estilo de vida saudável".

Mesmo assim, eu me encontrava em uma situação que me sentia tendo que preencher um espaço, uma lacuna. Não queria apenas fazer algo que me preenchesse, não só isso, mas que me fizesse feliz.

Não por coincidência, acredito eu, que cheguei um dia na academia que sempre frequentava e estavam abrindo um programa de yoga lá. Eu já havia praticado yoga em Michigan quando minha filha nasceu – eu estava com muitas dores, na coluna e no quadril, e igualmente com um quadro depressivo. Eu estava me sentindo sobrecarregada em ver o meu filho sofrendo a transição do lugar; enfim, a vida tinha que continuar.

Quando soube desse novo programa, eu falei imediatamente "vou me matricular!". Sem pestanejar, me matriculei. Sem pestanejar, eu imergi no yoga. Eu me envolvi de forma a fazer cursos, ler vários livros, escrever diversos *papers*[10], até que me formei professora da prática.

Algumas vezes, quando me perguntam sobre a carreira profissional, eu comento que ainda estou tentando descobrir o que vou ser quando crescer.

Claro que eu digo isso como brincadeira, mas claro que existe algo de verdade. Eu não gosto de parar, a questão é essa. Estou sempre em crescimento; a evolução deve ser constante. Assim vejo a vida. O meu mentor diz que "quem para no meio do caminho não chega a lugar algum".

Minha curiosidade é tamanha que sinto que preciso estar em movimento, preciso explorar mais coisas, alcançar ní-

---

[10] Embora signifique, ao pé da letra, papel, o termo significa, no meio acadêmico, os trabalhos para nota. Ensaios, teses, provas, testes, trabalhos acadêmicos em geral, com fins avaliativos.

veis mais altos do meu potencial; e eu já sei mais do que sabia quando pequena. Eu já sei do que gosto, do que não gosto, já sei o que não quero, já sei definir minhas prioridades, já sei estabelecer minhas metas e lidar com elas quando não se concretizam. Sei também que gosto de compartilhar com as pessoas as coisas que vivi e que aprendi, gosto de inspirar os outros a sonhar e realizar os seus sonhos.

Lembro-me de que, em todos os cenários de sonhos que tive, eu era, em algum momento, uma borboleta.

É curioso isso, essa analogia que minha própria mente faz, quase como uma brincadeira comigo. A borboleta não é borboleta desde o início da vida – não nasce borboleta.

Muito pelo contrário, a borboleta passa durante a vida por muitas transformações. Ela é uma lagarta percorrendo um longo trajeto até seu local ideal para fazer o casulo e, durante o período em que está dentro do casulo, vai se transformando quieta e introspectiva.

Você pode observar, prestar atenção e talvez perder o exato momento em que a borboleta rompe o casulo. Mas quando ele se abre, o que sai de lá não é mais, de forma alguma, aquela mesma lagarta que entrou.

O que saiu do casulo foi a borboleta: você é banhado por aquela profusão de cores maravilhosas, as asas leves e os traços delicados. Acontece que a borboleta tem poucos dias de vida como borboleta. Algumas espécies duram apenas um dia, outras um ou dois meses; então, é isso.

Ser você é ser raiz

Algumas vezes criamos sonhos como as borboletas criam os seus casulos. Eu fiz isso em alguns momentos da caminhada, como você mesmo deve ter percebido.

Alimentamos nossos sonhos com as folhinhas, e os deixamos lá, confortáveis nos nossos troncos, até que se enclausuram e se fecham. Ficam lá, trancados, esperando pela mudança, pelas transformações que precisam acontecer externamente para que possam sair por aí bailando no ar.

Quando me casei, eu me senti como a borboleta que, finalmente, sai do casulo. Foi o momento em que percebi que todas as mudanças haviam sido completadas, que eu estava pronta para me tornar a borboleta, que meus sonhos estavam fortes para levantar voos sem titubear.

Não foi num piscar de olhos que me tornei a borboleta. Foi durante o caminho que me fortaleci e encasulei meu sonho de novas raízes. Não como um passe de mágica, mas mágico como se assim o fosse, eu saí um dia do meu casulo e disse "vou construir uma família".

Eu tenho hoje mais desejos, mais sonhos. Um deles é que eu possa ter a oportunidade de ver outras pessoas realizando os sonhos como eu fiz com tantos dos que tinha.

Eu tive a oportunidade de aprender muito durante a vida e tenho muito a agradecer, por isso que hoje quero novas experiências, quero ter a chance de acompanhar e compartilhar do crescimento de outras pessoas, como eu fiz comigo.

Consegui dar novos significados à minha história; história que é somente minha e na qual é possível mudar tudo. Sou eu a responsável por escrever minha história, sou eu a responsável pela minha felicidade.

Julie Carroll

> Quero ser cuidadora de campos de casulos no meu jardim, no mesmo lugar que plantei raízes. Quero ser a planta frondosa que observa as borboletas saírem timidamente voando até alcançarem as flores mais distantes, mais altas, mais perto do céu.

Ciclo de vida

Engraçado que, quando penso nesse período da minha vida, o primeiro *flash*, a primeira lembrança que me vem à tona é da minha época de faculdade.

Eu tinha por volta dos 35 anos quando decidi fazer faculdade. Eu estudei dois anos na OCC – Oakland Community College, quando em Michigan; depois disso, mais três anos na Oakland University.

Sobre a faculdade, o que tenho para contar é sobre orgulho. Sentia orgulho de mim mesma em cada parte da caminhada acadêmica. Faltavam oito meses apenas para que eu terminasse o meu bacharelado quando tive que largar para cuidar das minhas novas prioridades, como contei.

Lembro-me de ter sido sim muito cansativo. Mas me lembro demais do orgulho que sentia pela aluna que eu era. Eu era uma estudante exemplar, estudante *straight* A's[1], como eles falam lá. Minhas únicas notas abaixo de A, eram os B+ que tirava em inglês, porque era a minha segunda língua e eu estava fazendo aulas numa turma de nativos. Minha comunicação era boa, mas ainda estava em processo de aprendizado. Porém, todo o resto, anatomia, biologia, química, em tudo eu tirava as notas máximas. Eu cheguei a desistir da mesma

---

[1] O sistema de graduação de notas escolares e acadêmicas dos Estados Unidos, diferente do Brasil, não usa números, mas sim letras. Uma aluna que é "straight A's" significa que uma aluna que tem, em todas as disciplinas, avaliação A (nota mais alta), que vai de A até F, sendo A, a melhor e F, a que indica zero pontos ou anulação total da nota.

classe de química orgânica duas vezes porque não queria tirar nota baixa, menos de A. Olha só quanta audácia e quanta cobrança. Hoje eu não cometeria mais esse erro tão grande. Procurar sempre o perfeito e tentar agradar todos.

Quando pedi minha transferência para a Universidade de Oakland, logo depois recebi em casa uma *letter*[2], do Dean[3] da Universidade. Uma carta do reitor. O conteúdo? Não poderia ter sido melhor! Eu li e não acreditava, de jeito nenhum. Tive que ler algumas vezes até meu cérebro processar a informação e disse ao meu marido: "amor, eu recebi uma bolsa para a universidade!".

Eu não precisava, financeiramente, da bolsa de estudo, mas foi uma conquista inimaginável. Era a concretude de muitas coisas para mim. Era o meu mérito de estudante exemplar, era minha realização de que eu já era, oficial e finalmente, fluente em inglês – o inglês era meu segundo idioma e eu precisei fazer tudo, todos os seminários, trabalhos finais e provas das disciplinas em inglês, com todos os outros alunos. Entre tantos outros alunos nativos da língua inglesa, fui eu a que ganhei uma bolsa por mérito de notas.

Essa conquista me deu muita confiança. Eu fiquei muito feliz. O período que estive na universidade foi desafiador porque o ensino superior nos Estados Unidos é bem puxado. Minha filha tinha apenas dois aninhos na época e passou por

---

2 Traduzindo livremente: carta. As universidades americanas enviam cartas pelos correios para comunicações com alunos relacionadas a assuntos como aprovação, vagas, bolsas de estudo etc.

3 Reitor de uma universidade ou faculdade é a figura principal de liderança. Responsável pela administração, pelas admissões e bolsas, encarregado de código de condutas, disciplina e aconselhamento, entre outras atividades, a depender da instituição e do reitor.

uma complicação de saúde, ela teve um problema de voz em que parou de falar, não falava praticamente nada e eu fiquei muito nervosa e angustiada com isso.

Por conta dos estudos, passava muitas horas fora de casa, e era minha mãe/irmã, que mora comigo até hoje, que foi minha base, meu centro.

Eu precisava ter como 100% de objetivo minha família naquele momento e eu estava deixando-a de lado para viver um sonho meu de me formar.

Um dia chamei meu marido e disse assim "amor, não acho justo passar tanto tempo longe de casa e não acompanhar diariamente o desenvolvimento dos meus filhos. Não quero ter os meus filhos apenas no final de semana ou as noites, isso não vai me fazer feliz".

Como pode perceber, foi um período de dubiedade. Apesar de estar longe da família, estar com muita carga de estudo e pressão, o fato de poder estudar e ter sempre boas notas durante a faculdade foi algo maravilhoso para mim.

Na minha vida, com todas as turbulências que a acometeram, eu não tive muita paz para me dedicar aos estudos. Uma hora num colégio; outra hora em outro; uma hora morando num lugar; depois, em outro; e depois, ainda em outro; fora todo o resto que acontecia no entorno. Esse período em que estava na universidade e ganhei a bolsa foi um período que percebi que eu sou realmente capaz. Mesmo sendo com um segundo idioma, eu sou capaz. Eu sou capaz de muito e ainda mais.

Receber aquela carta do reitor compensou todo o esforço de dedicação para as notas excelentes, foi não apenas uma bolsa de estudos, era uma validação de que eu era capaz.

Claro que, no meio do caminho, você vai precisar da ajuda de várias pessoas para estar lá, para chegar lá – e exemplo disso, eu tive um apoio gigantesco da minha irmã/mãe; sem ela, isso teria sido impossível.

O que aconteceu foi que minha irmã/mãe Jusciene se mudou com o marido para os Estados Unidos (eles têm a casa deles, na verdade somos vizinhos, o que nos separa é somente uma ponte) e me ajudou a cuidar dos meus filhos, me apoiou nesse cuidado com eles enquanto eu ia para as aulas, enquanto precisava estudar.

Eu poderia ter contratado uma babá enquanto estava na Universidade, mas os meus filhos não teriam sido cuidados pela minha família, não teriam tido o amor que tiveram, que têm, da minha mãe, da minha irmã mais velha das irmãs que virou mãe quando eu era apenas uma menina de seis anos, que me amou e ama tanto. Ela e o meu pai foram com certeza imprescindíveis para que isso tudo acontecesse.

Meu marido foi outra figura importante para essa conquista. Ele esteve sempre, sempre e sempre ao meu lado. Ele me apoiou em tudo, me ajudou com as despesas da faculdade, me fazia sentir valorizada, me fazia sentir capaz. Ajudou-me a perceber que eu podia realizar meus sonhos.

Eu me senti, resumindo, como recebendo um certificado de conquista.

De validação de capacidade.

> Ser capaz não depende de ninguém, só de você. Porém, a ajuda de alguém que te ama fará total diferença no caminho da transformação.

Semeando

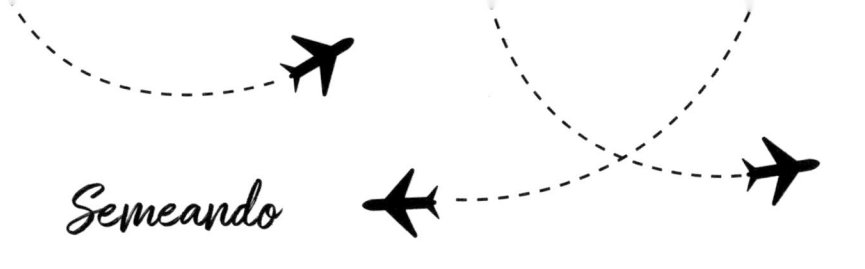

Eu sou extremamente grata quando me lembro das viagens que fiz porque sei que fizeram parte do meu percurso em todos os sentidos.

Contei neste capítulo sobre meu percurso profissional, na busca por explorar cada vez mais e mais o meu potencial, viajar pelo mundo fez com que eu visualizasse a vida de maneira mais intensa e acentuada, rica, não de uma maneira monetária, mas rica de experiências.

Eu tive a oportunidade de ver o mundo e de concluir que o mundo é fantástico. Pude conhecer pessoas, crenças e culturas e ver como existem coisas magníficas que nem imaginamos que possam existir.

O Egito é um exemplo disso. Quando eu fui ao Egito, entrei nas Pirâmides de Gizé e vi construções de séculos atrás, eu me abismei por um momento e pensei "como é que eu posso estar aqui dentro hoje? Como é que isso aqui existiu?".

Eu estive no Egito e lá é um país de absolutas grandezas. Ao pôr os pés lá, a sensação que tive era de ter voltado ao passado. O Egito parece ter parado no tempo.

Quando entrei naqueles monumentos colossais, quando entrei nas pirâmides, que são blocos empilhados monstruosamente, cada bloco tão similar ao outro e tão gigantesco. É inevitável deixar de pensar e se questionar como o ser humano conseguiu construir algo tão incrível há tantos e tantos anos.

Ao visitar as pirâmides, descobri que a magnitude da construção se relacionava à magnitude do faraó. E quanto mais alta fosse a pirâmide, mais poder tinha aquele faraó e mais perto dos deuses ele ficaria. Assim devem ser os nossos sonhos; quanto mais alto você sonhar, mais incrível será a sua vida e mais chances você terá de viver experiências magníficas.

> Se você sonhar alto e tentar alcançar as estrelas, mais chances e possibilidades estarão ao seu alcance e de se concretizarem, mas se você não sonhar alto e olhar somente para solo, esse sonho será medíocre, pois você não passará do chão em que já está.

Por isso, vá e não desista jamais; o momento chegará já.

Para ir até o topo da pirâmide, nós precisamos andar muito, passamos de dez a 15 minutos nos agachando, arrastando-nos pelo chão praticamente, de tão estreita que era a passagem. Quando chegamos lá em cima, quando bati os olhos naquela magnitude e vi o sarcófago do faraó, me bateu o pensamento de "como o ser humano é movido por grandeza".

O ser humano é capaz de tudo – isso é fato e que vem se provando, não de agora. Desde o tempo da criação, o tempo de Jesus, o tempo das pirâmides. Você vendo aquilo de perto, não tem como não se questionar de "como pode?". Como aquilo foi construído naquela época, sem os mesmos recursos tecnológicos que temos hoje, e tão perfeito? Como pode ainda estar lá?

Quando me deparo com essas coisas, vejo o quanto tudo é perfeito e o quão qualquer coisa é possível.

A essa minha experiência no Egito, penso principalmente na minha sorte de ter nascido na América, num continente tão fantástico, de estar hoje em um país de oportunidades, onde posso ser quem eu quiser; agora, "quando crescer", posso mudar de opinião. Como dizemos lá nos Estados Unidos, *Yes, I can*[1]! Eu posso ser o que eu quiser. Assim já dizia o famoso e querido presidente Barak Obama, *"Yes, you can*[2]*"*.

É extraordinário, para mim, ter tido a oportunidade que tive de ir até o Egito. Era um sonho, claro, viajar o mundo e conhecer tudo, descobrir novas culturas. Mas, sendo sincera, era o tipo de sonho que me era impossível, inimaginável. Era sonho, só sonho.

Talvez até soubesse que fosse viajar e conhecer outros lugares do mundo sempre foi essa a vontade, o desejo, a ambição. Mesmo assim, não imaginava que iria tão longe – longe no espaço, mas longe também no tempo.

Ter ido até o Egito, até tão longe, até o topo da pirâmide, tão perto do céu, foi como lembrar-me de ser borboleta, voando livremente, circundando os pontos mais altos das pirâmides mais altas. Buscar saciar a sede de conhecimento, a procura de aliviar a curiosidade sobre o mundo, alçar voos sempre mais altos e mais distantes; por fim, alcançar o meu potencial; e isso, todos os dias.

---

1 Sim, eu posso!

2 "Sim, você pode!", jargão do presidente Obama, na época de seu mandato.

Raízes em movimento

Eu sempre achei que essa seria a profissão certa para ela. Mesmo antes de ela pensar em trabalhar com o emocional das pessoas, sabia que seria ótima fazendo isso.

O meu casamento teve muitos altos e baixos e ela, sem sombra de dúvida, foi uma coluna de sustentação para nós. Esteve sempre disposta a ajudar, sempre com um coração cheio de amor para compartilhar, fosse um sorriso no rosto ou uma palavra positiva.

Hoje me encontro na minha melhor versão. E ela tem uma parcela enorme de participação nisso. Quão grata eu sou a Deus por tê-la em nossas vidas! Amo você, minha tia-irmã.

Dani, sobrinha e irmã adotiva.

5
Quando as raízes encontram seu lugar

"Bendito aquele que consegue dar
aos seus filhos asas e raízes."

Provérbio popular

CAPÍTULO 5 | QUANDO AS RAÍZES ENCONTRAM SEU LUGAR

Uma árvore é tal como a vida é. Ao mesmo tempo que há o crescimento e as transformações, ela também vai se aprofundando no solo para deixar as suas marcas e sua história.

Quero começar este capítulo enfatizando que a Julie sobre a qual você leu até então não é exatamente a mesma Julie sobre a qual você lerá a partir de agora. Voltarei à metáfora da borboleta.

Ao final do capítulo anterior, eu comentei que, na busca de ser quem sou, desejava ser como uma borboleta – voar livremente num caminho profissional que me permitisse desenvolver meu potencial, alinhado a um propósito de vida.

Agora minhas raízes finalmente encontram seu lugar de ser, a transformação que ocorreu na minha vida quando me tornei mãe foi realmente tal qual a de uma metamorfose.

> Em um momento você está toda agarradinha e "encasulada[1]" e, de repente, você se transforma. Se abre em várias cores e voa para o mundo a caminho de descobertas.

O dia em que nasceu meu primeiro filho, Tommy, foi quando eu realmente senti que a minha vida passou a ter um sentido além de só "ser". Eu não era Julie mais, não somente. Eu me tornara mãe.

---

[1] Estar voltada para si, fazendo referência ao casulo da borboleta.

Ser você é ser raiz

Talvez o momento que vivia quando na chegada do Tommy não era o que deixou as melhores lembranças, foi até de algumas dificuldades. Mas como todas as outras experiências desafiantes na minha vida, eu consegui achar forças para superar e ressignificar.

Ressignificar é, inclusive, uma palavra de relevância neste capítulo. Depois de tudo o que a "Julinha" viveu, a única alternativa que restava para ela era ser feliz. E foi o que eu fiz, segui em frente.

Minhas experiências passadas de ter tido uma família disfuncional, ter vivido o divórcio dos meus pais, a doença da minha mãe, as rotinas de trabalho duro de minhas irmãs, as dificuldades financeiras pelas quais passamos, tudo isso eu já conhecia.

> Qual era a opção que tinha para o futuro?
> A resposta era sempre a mesma: ser feliz!

Não sei se houve bem um momento exato de virada de chave em que parei e pensei "é isso, é aqui", em que achei que havia finalmente encontrado minhas raízes. Aliás, não sei se esse sentimento de "ah, estou confortável, agora posso parar" obviamente é um significado figurativo de falar, pois o momento em que paramos é a hora de ir. O ser humano jamais pode parar de sonhar, de evoluir rumo aos seus objetivos.

Quer ser feliz? Então busque com todas as suas garras, somente você é o responsável pela sua felicidade. Entendi que ela não vem de graça, tem que haver trabalho, dedicação e renúncias, e o mais importante: ter coragem. Quando você chegar lá, verá que vale a pena ir em busca dela, da felicidade;

é algo tão potente que você se sente igual a um super-herói quando a conquista.

"Um líder corajoso identifica os traços vulneráveis das pessoas, e os transforma em potencial", diz Brené Brown, uma autora que muito me inspira e descreve perfeitamente o meu sentimento nesse momento.

Se o que vivi no passado havia sido ruim, o que restava para o futuro era buscar mais: mais lembranças, lembranças melhores, de momentos bons, mais coisas boas. Por que aceitar inquestionavelmente o que já tenho?

Mesmo que hoje eu já me sinta feliz e muito grata por tudo que já conquistei, que consegui consolidar, mesmo assim eu ainda procuro mudar, vou sempre procurar mais, procurar sempre me transformar para melhor. Como disse antes, eu estou sempre em evolução e em reciclagem.

Foi por conta dessa determinação e desse desejo de ser melhor e de buscar mais momentos bons que eu cheguei até onde estou e consegui construir uma fonte inesgotável de amor dentro de mim; sempre buscando o melhor no próximo, mas primeiramente em mim. Foi pelo simples fato de não ter desistido, de não ter me acomodado ou me conformado a cada parte do caminho. Cada ganho deve ser e foi muito comemorado e agradecido em minha vida, mas nunca chegou ao ponto em que eu dissesse "ah, pronto, aqui acabou". Não! Acredito que nossa busca deve ser constante, não pode nem deve acabar em tempo algum.

Ser você é ser raiz

Para chegar até onde estou hoje, foi preciso muita força de vontade, dedicação e muitos sonhos. Porém, as coisas foram acontecendo na minha vida paulatinamente, cada coisa em seu ritmo próprio. Ao semear algo, precisamos respeitar o tempo e o ritmo das raízes, o tempo que elas precisam para crescer, se firmarem e brotarem. E esse movimento é sagrado.

Meu marido e eu nos casamos apenas alguns dias antes do trágico e histórico atentado terrorista aos Estados Unidos da América, no 11 de setembro de 2001.

Casamos no civil, com uma cerimônia simples e sem festa, foi algo até difícil de acreditar, casar sem ter a minha família materna ao meu lado, sem amigos, em Atlanta, nos Estados Unidos. Decidimos sair em Lua de Mel apenas após o casamento religioso, que seria realizado no Brasil, um tempo depois, dezembro do mesmo ano. Foi então que recebemos a notícia que impactou não só as nossas vidas, mas também as de tantas e muitas outras famílias americanas. O ataque terrorista de 11 de setembro.

O período após aquele fatídico dia 11 de setembro foi de incertezas. Desde os primeiros momentos do dia, lembro-me de ser aproximadamente nove da manhã quando aconteceram os atentados e, por volta das 10h, começou a algazarra no céu. Os caça-aviões passando ruidosa e ininterruptamente para proteger o território americano, os rumores entre as pessoas, as notícias de especulações na televisão.

Eu não tinha ainda um inglês tão bom quanto hoje e fiquei confusa com aquela profusão de informações. Meu esposo me ligou e pediu para eu não sair de casa. Eu perguntei, "caramba, amor, o que está acontecendo?" e, em meio à barulheira de aviões e carros de polícia passando, ele me falava "amor, não vá em canto algum, fique em casa e não saia!".

Enquanto via as lojas fechando e as pessoas se abrigando, eu não podia falar com ninguém. Imediatamente desabilitaram todos os telefones e ficamos sem acesso algum à comunicação externa, eu pensava o tempo inteiro "Meu Deus, o que está acontecendo?", ao mesmo tempo em que sentia aquela angústia de não poder me comunicar com a minha família, pensando na preocupação em que deveria estar por não ter informações minhas.

Quando finalmente entendi o que se passava, que realmente havia acontecido um atentado, houve um momento em que parei e pensei: "Será que América vai entrar em guerra?".

> O medo é como a guerra, são conflitos que vivemos internamente; muitas vezes, o medo é mais forte do que a realidade exterior.

Eu não estava, de maneira alguma, questionando o meu casamento ou meu marido, de jeito nenhum. Mas o que passava pela minha cabeça era que, no Brasil, eu nunca havia sentido antes essa sensação, esse sentimento de insegurança acerca de estar viva.

Claro que, no Brasil, eu havia passado por momentos de insegurança em muitos aspectos da vida, mas naquele período dos atentados, o período do meu casamento nos EUA, a sensação era de viver a guerra. Um misto de sensações, um sentimento de destruição e de incertezas no qual por muitas vezes eu me perguntei "por que eu vim parar nos EUA?". Porém, sempre tive a visão que somente os fracos desistem no meio do caminho. Então, a escolha era focar no bom que a vida tinha e unir-me mais ainda com o meu esposo.

É inevitável, ainda hoje, tantos anos depois, não me emocionar ao falar desse período da vida. Período de *stress* e de incertezas na minha vida e na vida de muitas famílias envolvidas, na história do próprio país, um período de muita tristeza. Ser americana é viver o luto e sentir a dor do próximo, é ter compaixão, ela faz a América mais forte.

Com certeza, morar nos Estados Unidos nesse momento de sua história foi algo muito peculiar, um período que foi um grande misto de sensações, paradoxos conflitantes de tristezas e alegrias, segurança e insegurança, tudo ao mesmo tempo.

Um dia, pouco menos de um ano depois do casamento, meu esposo chegou para conversar e disse: "amor, acho que está na hora de construirmos nossa família". E após apenas um mês dessa conversa, lá estava eu espantada com um teste de farmácia positivo nas mãos: "caramba, mas eu acabei de tentar, como é que eu fiquei grávida?".

Não tinha como acreditar. Mais uma vez, era um misto de várias emoções. Primeiro, senti-me absolutamente afortunada e alegre. Mas algumas incertezas pairavam sobre mim "agora eu vou ter que me preparar para uma nova fase".

Para ser sincera, se me perguntar se eu estava preparada para ser mãe, respondo: acho que não. Aliás, acho que nunca estamos preparadas para isso. Ninguém nasce pronta para ser mãe, essa é uma preparação que vem com os anos, não é algo automático e que também não tem manual de instruções.

> Seria maravilhoso se cada bebê viesse com um manual. Mas a maternidade é algo que não vem com nenhuma caderneta de instrução.

Se você parar para pensar, tem muitas pessoas que, mesmo adquirindo coisas que vêm com o manual, elas não leem, folheiam, olham as fotos e pronto, montam qualquer apetrecho sem sequer ler. Outras, que nem mesmo abrem a folhinha de instruções, já vão montando direto. Já têm outros que, quando compram algo, um eletrônico qualquer, leem todo o manual, aprendem sobre o uso para depois começar a ligar. Isso depende de cada pessoa.

Mas ao se ter um filho, isso é algo que não temos as opções citadas, ele não vem com manual nenhum. Ser mãe é algo que se aprende e se erra com os anos de vivência com os filhos. Ser mãe é aceitar a dádiva da loteria da vida. É errando e acertando que se constrói uma família. Muitas vezes, damos o que não temos e recebemos algo que jamais foi almejado ter.

Claro que, ao me deparar grávida pela primeira vez, eu me encontrei numa encruzilhada. Eu não sabia o que viria pela frente. Embora não conseguisse naquele momento imaginar, ou ao menos pensar em como seria um futuro depois de ter me tornado mãe, embora minhas expectativas girassem, a maioria, em torno de entender como seria a Julie-mãe, eu tinha certeza de que eu seria uma mãe dedicada.

Ser você é ser raiz

Eu estava decidida a ser uma mãe presente, uma mãe compreensiva e que protegeria os filhos a qualquer custo. Não tinha a ambição de ser uma mãe perfeita, até porque pelas coisas que conheço da vida eu não poderia nunca me dar por perfeita. Eu sou um ser humano, e seres humanos, sejam eles mães ou não, são seres imperfeitos – mas eu tinha a esperança e o desejo de tentar ser para ele a melhor mãe que eu pudesse ser ou que ele pudesse ter.

O dia em que descobri a gravidez do meu filho foi algo profundo e incrível. O meu *baby boy* ia nascer em março, mês da primavera e de tantas transformações da vida e para sempre ele mudaria a minha vida para melhor. Ele foi o primeiro presente mais precioso da minha vida, me comprometi comigo mesma e com aquele serzinho em formação que tentaria o melhor. Tentaria, como mãe, dar a ele tudo que eu não pude ter quando filha, por conta das inúmeras e adversas circunstâncias da minha vida quando criança, que me impediram de ter algumas oportunidades.

Eu queria, para ele, tudo de bom. Queria que ele se sentisse amado, cuidado e protegido, que a ele nunca faltasse nada, queria que para ele tudo viesse em abundância: amor em abundância, carinho e atenção em farturas.

Quando Tommy nasceu, foi a experiência mais feliz da minha vida – a primeira experiência mais feliz da minha vida, até que veio a Juju e eu senti tudo mais uma vez. E o círculo se completou.

A grande questão é que, infelizmente, você não pode viver num *plateau*[2] de emoções a vida inteira. A felicidade é estável e forte como as tempestades.

---

2 Em tradução para o português, "platô", mas longe de ter o mesmo significado, o termo em inglês refere-se comumente a uma área de planalto, terreno alto e nivelado, mas também ao estado de pouco ou nenhum progresso em um dado período de tempo em certa atividade. Fazendo referência a não poder passar a vida inteira apenas no topo, estagnado.

> Creio que a felicidade é um complemento de vários sentimentos fortes, brandos e estáveis. É saber que aqueles que você ama estão bem, seguros, realizados e que continuam a buscar o crescimento. É saber que esse sentimento não desaparecerá com as tempestades, com os ventos do outono ou da primavera que derrubam as folhas. Esse mesmo sentimento é sólido e nada poderá destruir. Isso sim é felicidade.

O que existem são o estado de espírito e as oscilações que fazem parte da vida; isso chamo de viver. E nessas oscilações, você pode estar num momento vivendo mais no alto que no baixo, ou ter um período só de baixos, ou mesmo parecer estar numa montanha-russa constante de altos e baixos, altos e baixos.

Ser mãe, ter essa sensação de tornar-se mãe, para mim que hoje sou mulher e mãe, é a melhor sensação da vida. Mas ser mãe é também desafiador. Senão a coisa mais desafiadora que já vivi na vida! Tornar-se mãe traz com o pacote da alegria uma sensação de provações. Trouxe para mim, pelo menos.

Após o nascimento do Tommy, eu passei por um período nada agradável; com a alegria de tê-lo, veio a depressão pós-parto. Foi quando eu me deparei com duas opções, duas chances de vida para seguir.

A primeira, eu podia me entregar. Eu poderia ser uma mulher negativa e depressiva para sempre e ser uma mãe pela metade, ser negligente como esposa e deixar minha família ir por água abaixo com o passar do tempo.

Ser você é ser raiz

> Eu costumo dizer que desistir da família e pedir divórcio é também pedir a própria falência. Embora precise haver equilíbrio e investimento das duas partes na relação. Uma só não sustenta.

Talvez até seja o caminho mais curto para destruir os sonhos daqueles que amamos, inclusive o de si próprio, é também o centro do egocentrismo e fraqueza humana, claro que muitas vezes o ser humano é tão desajustado e desequilibrado que ele não consegue compartilhar os mesmos ideais de vida com outros, por isso é mais fácil abrir falência da família e de sonhos incríveis. Eu sou prova dessa falência, eu vivenciei isso na infância, e muitos anos se foram até eu poder ter o controle da minha vida.

Ou a segunda, eu podia lutar. Eu poderia tentar, eu poderia ser forte o suficiente para puxar as rédeas da minha vida e não aceitar aquela situação, buscar por ajuda e seguir em frente.

Vocês já devem imaginar bem que eu me decidi pela segunda opção e eu me lembro bem do momento em que essa decisão aconteceu.

Tommy tinha dois meses apenas quando nós decidimos nos mudar do Texas para Michigan e houve um dia em que eu e meu esposo buscávamos apartamento por lá quando ele, ainda um bebê de colo, chorava ao meu lado, chorava muito e copiosamente e eu não conseguia contê-lo e o meu esposo falou: "amor, você não vê que o Tonzinho está chorando? O que está acontecendo?".

Foi quando realmente percebi que precisava de ajuda. Nessa época ainda não existiam buscas pela *internet* e eu fui atrás de ajuda profissional nas *Yellowpage's*[3], lembro bem – e encontrei a terapeuta que me ajudou a passar por essa fase e com quem eu me consulto até hoje. Ter um psicólogo e saber dar a guinada certa, na hora certa, muda o jogo e todo percurso da dependência e desequilíbrio emocional. Mas admitir a depressão é somente para os humildes que reconhecem a fraqueza dentro de si, para os que são fortes para lutar por um mundo melhor dentro de si, sem precisar abrir falência dos sonhos e de quem amam. Entendo também que, nem todos contam com muitas opções, mas sempre existe a escolha dentro si mesmo que é "querer mudar". Essa determinação de vencer uma depressão vem com a força interior e essa força se chama amor e sonhos a serem realizados.

Como tantos outros na minha vida, esse foi mais um período de transformações e desafios fortes. Foi um período de ajustes, diria até. Foi quando eu entendi que não seria possível para mim ser uma mãe feliz e boa, sem que procurasse por mudanças em mim mesma e não só fora de mim.

Não sei em que momento exato eu senti esse clique mental, mas sei que dentro de mim havia esse sentimento, essa convicção de que eu não seria feliz se não fosse a mãe que gostaria de ser para o meu filho. E caso eu me entregasse àquela

---

3 Traduzindo literalmente para o português: as páginas amarelas. Termo pelo qual eram conhecidos os livros amarelos, grandes catálogos que possuíam nome, endereço e telefone de vários tipos de profissionais e negócios, ordenados por tipo de serviço que prestavam ao consumidor.

depressão, àquela sensação horrível de provação, eu não seria a mãe que desejava ser.

Ao se deparar com uma dificuldade em sua vida, se você se deixa derrotar ou, por um segundo qualquer que seja, deixa que ela seja maior que você, que a força daquela dificuldade seja mais forte do que a sua força de vontade de seguir, então significa que aquela conquista, aquele papel, aquela função não é para você.

> Ser mãe e ter o título de mãe é diferente. Qualquer um pode ter um filho e ser mãe. Mas ter o título de mãe é algo que deve ser conquistado.

O rótulo de "ser mãe" qualquer uma pode ter. Você tem um filho e então é mãe, pronto. Mas ter o título de "mãe", ser a representação, a personificação do que é ser mãe de fato, isso não é algo que se torna apenas. É algo que se busca e se constrói até ser atingido.

Para mim, conquistar e construir o título de mãe é algo que vem com o esforço da mudança, da adaptação, de querer sempre mudar aquilo que não está bem.

E como você sabe que algo não está bem? Quando as pessoas ao seu lado não estão felizes, então você já sabe.

Quando se tem a consciência que aqueles que estão ao seu lado não estão bem, significa que necessitamos de mudanças. Foi quando eu percebi isso que eu tive que me adaptar ao meu novo estado, a fim de tornar-me a boa mãe que eu queria ser.

Ao longo da vida inteira do meu filho e, até hoje, eu sempre fui comprometida a estar presente. Sempre me envolvi em tudo que ele quis fazer e me envolvo até hoje. Seja escola, atividade, *Track*, *Taekwondo*, aprender a ler, aprender um esporte novo, um instrumento musical, eu sempre fiz questão de estar lá para ver as transformações na vida dele e deixar que ele transformasse a minha – eu queria ver como é ser mãe.

> Passar pelas transformações e ter o conhecimento das falhas, tentar melhorar a cada dia, deixar-se entregar à vulnerabilidade, mas sem negligenciar – isso é ser mãe.

Tommy estava com três anos quando eu e meu esposo voltamos a conversar sobre ter outro filho. Ele queria muito completar a família e eu, embora me sentisse muito realizada como mãe, era apreensiva em relação à outra gravidez. Com medo, pensei muitas vezes: "será que eu vou ter outra depressão pós-parto?".

> O medo é desconfortável porque é desconhecido. Jamais deixe que o medo o paralise e deixe que você viva os seus sonhos. Sonhe alto e veja possibilidades como infinitas chances de você crescer.

Mesmo assim, decidimos tentar e, quando eu soube que estava grávida da Juju, foi como adicionar mais felicidade ainda àquela vida já tão feliz. Lembro-me inclusive de ter dito: "agora minha família está completa!".

Se você perguntasse para a "Julinha" como seria a família ideal, eu responderia que seria exatamente assim: um esposo e dois filhos, um menino e uma menina. Por que digo isso? Primeiramente, o Bill perdeu o pai biológico na mesma idade quando os meus pais se separaram; eu perdi a união da minha família, ou seja, a atenção da minha mãe quando eu tinha seis anos. Por isso, sempre senti essa falta de identidade para com a minha mãe, e talvez eu precisava ter essa conexão com a minha filha e o Bill, para com o Tommy. Bill e eu temos uma história de vida muito similar. Mudamos os personagens e países, mas as histórias das nossas vidas são similares demais, era como se tivéssemos nascidos um para o outro. A notícia de que esperava a Juju foi uma sensação de completude.

E sabe aquele medo? Bem, a depressão pós-parto aconteceu após a gravidez da Juju, novamente. Mas é como eu falei, ser mãe é transformador e aquela não era mais minha primeira viagem naquela estrada – como já havia passado por aquilo com a primeira gravidez, comecei logo a me cuidar, tomei os medicamentos necessários que eu já sabia que não fariam mal e superar aquilo foi bem menos difícil, porque eu os tinha lá comigo.

> Com o amor e o perdão, tudo se supera, quando se tem a humildade de reconhecer as deficiências e fraquezas da alma.

Naquele momento, eu percebi que havia criado raízes. A planta, ao criar raízes, se fortalece.

Quando uma planta está bem enraizada ao solo e é cuidada, é regada e nutrida, fica mais difícil de arrancá-la dali, de desestabilizá-la ou fazer com que murche. Ela fincou suas raízes e dali ela não sai, dali ninguém a tira. Ela pode até perder as folhagens numa estação mais fria; quando chega o sol e o calor, ela volta a ser verde, bela e florida novamente.

Ela tem raiz, ela tem solo fértil, ela tem luz, tem abrigo e os nutrientes e todos os fatores favoráveis para seu desenvolvimento, crescimento e superação.

No momento em que eu engravidei, em que soube que seria mãe, eu já tinha fincado essas raízes. Eu tinha certeza de que seria uma mãe maravilhosa. Eu criava canções e cantava para meus filhos, ainda dentro da minha barriga. Eu conversava, cantava e brincava com eles desde a gestação. Os dois iguaizinhos.

Hoje, quando os vejo, consigo apenas ver o amor de Deus em me dar presentes tão especiais. Os dois foram os maiores e melhores presentes da minha vida, são meus tesouros e com um valor incalculável.

Não tenho como não me emocionar e não rir ao falar deles, porque – Nossa! – eles são as coisas mais preciosas que possuo. E ao observá-los, vejo como a diversidade é linda, mesmo no seio familiar, com a criação similar, vivendo no mesmo ambiente, cada um tem uma maneira própria de ser, um temperamento e um jeito diferente, um gesto singular de cativar. Nenhum fruto é totalmente igual ao outro.

Se fosse fazer um raio-x deles, da nossa família, da Família Carroll, eu poderia dizer, de primeira mão, que é uma família singular no sentido de independência. Somos pessoas independentes, gostamos cada um de nossos espaços. A Juju, por exemplo, tem um jeito de "eu posso tudo, faço tudo e não preciso de ajuda!", sempre foi assim, decidida e autossuficiente.

Mas, ao mesmo tempo em que cada um gosta de ter sua individualidade – e todos nós respeitamos isso um no outro, nós somos muito unidos e gostamos de compartilhar tudo. Gostamos de conversar sobre as coisas que acontecem, e eles sabem que podem sempre me chamar, sempre que precisarem. Mesmo com toda individualidade existe acesso sempre que é necessário.

Nós temos algumas rotinas familiares peculiares como, antes de dormir, para mim, é muito importante que nesse horário eu dê neles um abraço, que eu tenha esse momento de aconchego com todos, meu esposo e nossos filhos. É importante demais para mim saber que nós "estamos aqui" e temos essa conexão. É importante deixar que eles saibam que sempre estarei presente, que podem contar comigo.

Somos uma família que gosta de viver momentos juntos. Temos os nossos momentos, temos as viagens que marcamos de ir em família e tentamos fazer viagens a lugares diferentes, viagens exóticas, em que passamos 24 horas do dia, todos os dias, juntos, fazendo alguma atividade legal, conhecendo uma cultura diferente e empolgante. E nessas ocasiões, eu gosto de gravar as nossas conversas. A gente tenta não usar celular, especialmente na hora do jantar, então eles sabem que se o celular está na mesa é porque eu estou gravando. Tenho muitos áudios significativos de momentos juntos.

Somos uma família de pessoas altamente emocionais. Algo que estamos sempre trabalhando para melhorar. Somos muito comunicativos e compreensivos uns com os outros. Tentamos sempre entender o que houve em cada situação de conflito, pôr-se no lugar do outro e então refletir "por que isso aconteceu? Vamos ver o que podemos mudar para resolver isso!".

Tommy é carinhoso. Os dois são, mas o Tommy gosta de abraço, de carinho, porém sempre precisa do seu espaço e sua individualidade, principalmente agora que já está um homenzinho. Às vezes, ele me abraça tão forte que eu digo brincando que ele vai me quebrar.

De maneira geral, todos nós gostamos muito de beijos e abraços e trocas de carinho. Claro que existem alguns momentos em que cada um está no seu mundo, e eu respeito essa privacidade deles, eu acho importante que eles sejam quem desejam ser.

Mas eu confesso que adoro esse apego, esse aconchego que temos. Esse enroscar.

Nesse momento, escrevendo sobre a nossa família, é incrível como percebo "eu consegui", sem sombra de dúvida, ressignificar a ideia que tinha de família antes.

Eu sei que possuo uma história de perdas familiares e sei também que não sou a única no mundo, pelo contrário, sou uma de muitas que passou por essas experiências. Porém, acredito que tudo que passei foi Deus me preparando para algo tão extraordinário quanto o que eu vivo hoje. Foi o solo sendo arado para receber as sementes. E cá estou, vivendo e fincando raízes.

Claro que nada vem de graça no mundo e eu quis ser preparada; e esse "querer" conta muito. Ter refeito o meu significado pessoal de família, ter recriado um conceito de família estável hoje, foi resultado de muito trabalho, suor e lágrimas.

Não é fácil reescrever definições. Não é fácil, mas se existe vontade e se tem desejo real, é possível. Continua não sendo fácil, mas não é impossível.

Ser você é ser raiz

Claro que fica mais fácil quando você consegue encontrar e eleger alguém para construir isso com você. Você não pode construir uma família sozinho. A partir do momento em que encontra a pessoa certa para partilhar isso, como eu encontrei o meu esposo, se existe essa conexão e você sente isso, você deve decidir, deve estar disposto a viver a felicidade. Quando eu era pequena, eu sempre queria saber como era o verdadeiro significado do amor e ser amada quando eu tivesse a minha família. Hoje eu realizo esse sonho. O amor é algo assim, sentir carinho em momentos de angústias e de desespero, sentir proteção quando se há tempestades, perceber e cuidar dos pequenos detalhes para ser notado o amor, respeitar o espaço sem invasão da privacidade, mas saber que alguém está ali, ao ladinho se precisar.

> O amor é incondicional. O amor é fiel e sempre vê o futuro próspero em que tudo estará bem. O amor é forte e não desiste jamais em qualquer circunstância.

Deixa te contar! No momento em que você encontra essa pessoa, aquela "alma" que é "como gêmea" da sua, você vai saber. Você não terá dúvida. Você saberá que é aquela pessoa com certeza e vai lutar, com unhas e dentes, por essa pessoa.

> Hoje quem me conhece sabe que eu sou capaz de tudo por minha família. Eu me sinto tal como uma leoa que está sempre alerta para proteger a família.

Julie Carroll

Tudo que eu passei vejo como fases necessárias para que eu pudesse me consolidar da maneira que sou e para que soubesse cativar e valorizar a família sólida que tenho hoje. As experiências que passei me prepararam para ser um ser humano melhor, mais compreensível, sabendo melhor quando e como agir nas situações, sejam elas quais forem.

Eu me considero como tendo encontrado meu lugar no mundo. Hoje minha planta ficou cheia de frutos e folhagens lindas. Ela é sólida por ter uma raiz muito sólida, num solo bem firme.

Ciclo de vida

De maneira alguma eu poderia eleger apenas um momento desse período da minha vida para contar, porque muitas coisas marcantes aconteceram que foram significativas para encontrar as pessoas e o lugar de pertencimento nela.

Então, vou contar sobre os três momentos mais especiais da minha vida, para que entenda o que estou dizendo.

O primeiro deles foi na Espanha, mas lembro como sendo o primeiro dia da primavera dos Estados Unidos. Durante a primeira hora primaveril, meu esposo, então namorado, chegou do trabalho, eu preparei um jantar muito gostoso e prepararei a mesa muito bonita. Depois de tudo, falei "amor, tenho algo para te perguntar: Você tem certeza? Porque essa é a Julie temperamental que você está conhecendo. Talvez eu mude um pouquinho, mas não te garanto!". Então, ele se ajoelhou, abriu a simbólica caixinha e mostrou o anel.

Um fato curioso sobre esse momento romântico do qual me lembro com muito carinho foi que, na hora que ele abriu a caixinha e mostrou o anel, eu deixei de entender o que achava que havia entendido.

No Brasil, os casais pedem em casamento com aliança, mas na cultura americana não, eles pedem com diamantes – e era isso que ele segurava. Eu me lembro exatamente da cena, da caixa, do anel e do diamante, um solitário, uma marquise com duas laterais também em marquise, uma das coisas mais belas que já havia visto. Mas eu não tinha essa informação sobre a cultura americana e, na hora, fiquei um tanto quanto confusa.

Foram só alguns segundos depois que entendi quando ele disse "amor, eu estou te pedindo em casamento! Você aceita ser a mulher da minha vida?".

Aí, sim, foi quando eu entrei em choque e comecei a registrar a felicidade e a emoção que sentia naquele momento. Foi um dos momentos mais lindos da minha vida. O primeiro deles.

O segundo foi alguns anos depois, no dia em que nasceu o Tommy e eu o segurei pela primeira vez em meus braços.

Eu passei mais ou menos 36 horas em trabalho de parto – eu queria muito ter meu parto normal e, quando pude ver a cara dele a primeira vez, quando finalmente segurei aquela criaturinha nos meus braços, aquela foi a sensação mais linda da minha vida. Fiz uma música para ele ainda dentro do meu ventre:

> Tommy Tigrão, Tommy fofão,
> você é um tesouro da vida.
> Meu Tommy, você é vida, o amor
> da minha vida e agora tudo faz sentido
> porque tenho você na minha vida.
> Meu amorzinho, meu *baby boy*
> te amo até o infinito da vida.
> Tommy Tigrão, *I love you*.

Foi quando realmente minha vida fez sentido. Nasceu o meu filho ali, e eu renasci, agora como mãe. Foi quando eu senti que "a partir desse momento eu não estou mais só no mundo.

Esse é meu filho, meu companheirinho para o resto da vida. Essa é a pessoinha que eu vou compartilhar meus momentos, que eu vou me dedicar a partir de agora". Foi até aquele dia, o mais lindo da minha vida.

Olhar para ele, vê-lo conquistar seu próprio caminho, alcançar seus próprios objetivos, continua sendo a sensação mais linda que há para sentir.

Até que chegamos ao terceiro dia mais lindo da minha vida – não que a ordem mude a importância ou a grandeza, foi apenas a ordem em que as coisas foram acontecendo.

> O coração vem com várias janelinhas e espaços a serem preenchidos pelo amor. Como o coração é de um tamanho infinito, quanto mais entra o amor, maior é a capacidade que ele tem de crescer.

Eu cheguei ao hospital em trabalho de parto, que já durava três dias. Fui induzida ao parto; até que, no final da tarde daquela segunda-feira, nasceu a Julie. Eu era, enfim, mãe de menina. Mãe de uma menina que revelou-se ter um temperamento e personalidade bem fortes, tal qual a mãe.

Lembro-me, aliás, de ter chegado com a Juju da maternidade e encontrar em casa um cartão que meu esposo escreveu e que eu guardo até hoje.

Ser você é ser raiz

Nesse dia, ele olhou para mim segurando a nossa filha e disse: "amor, agora nossa família está completa. Obrigado por me dar esse presente maravilhoso!".

Semeando

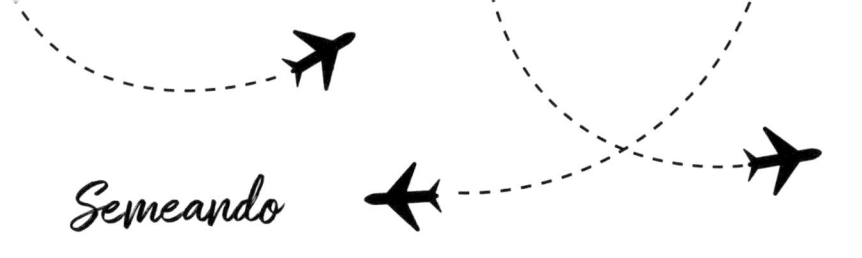

Não poderia chegar até o capítulo em que falo sobre encontrar meu lugar para firmar raízes e não falar dos Estados Unidos da América.

Sem dúvida, a América foi onde eu realmente encontrei o solo fértil para minhas raízes. É o país que eu amo, e eu me sinto realmente americana, de coração, alma e cultura. É o país que eu defendo e um país que realmente me fez essa fortaleza que eu sou hoje.

Muitos aspectos da minha vida que possuo hoje são porque sou americana. Eu me encontrei aqui, adotando essa característica independente de ser dos americanos, me encontrei nessa cultura do "faça tudo você mesmo".

Às vezes falta que percebamos em nós a habilidade, a potencialidade, a capacidade.

> Não é sobre não precisar de ninguém ou não reconhecer que às vezes precisa de ajuda. Não é sobre se reconhecer como capaz de fazer as próprias coisas.

Quando cheguei à América, eu estava acostumada a ter alguém trabalhando onde eu morava, ajudando nas coisas básicas do dia a dia de casa. Nos EUA, a primeira coisa que pensei foi: "Nossa, que estranho não ter alguém para ajudar em casa!".

Ser você é ser raiz

Então, o jeito que tinha era o jeito americano de *"do it yourself[1]!"*. Foi uma das coisas que causaram um choque grande em mim, não vou mentir.

Mas, aos poucos, foi me ajudando a criar a consciência de que tudo é possível para qualquer um, desde que se queira. A América, para mim, traz para a sociedade essa consciência de que se você quer algo, você pode ir lá e fazer – não precisa esperar alguém fazer ou ter muito dinheiro para conseguir contratar alguém que faça. Você mesmo pode! E isso faz você virar uma fortaleza, é crescer e pronto!

Algo que levo para o lado pessoal também de, se você quer ser algo, você também pode, do mesmo jeito. Você quer ser melhor? Você vai ser. A cultura dos EUA me trouxe parte dessa consciência de que eu posso ser melhor, basta eu querer e ir atrás – basta eu fazer.

Believe! You can do it! Do it for yourself!

> Ao dizer que encontrei minhas raízes, falo muito mais do que sobre meu local de permanência. Falo sobre onde plantei meu coração, onde investi meu tempo e cuidado para fazer crescer essa família-fruto.

É aí que mora o real significado dessas raízes: o meu lugar não é um lugar delimitado por terra, meu solo não é apenas onde os pés conseguem tocar. Minhas raízes não são

---

[1] Termo em inglês que descreve bem a cultura do americano de "faça você mesmo", em vez de terceirizar um serviço ou comprar feito. Acredite! Você pode! Faça por você mesmo!

fixas e arrancáveis – não são palpáveis. Elas transcenderam e viraram lugar de ser.

    Minhas raízes são agora quem sou, onde e com quem estou. E elas me seguem aonde quer que eu vá, porque a essência da vida está em mim e não no lugar.

Raízes em movimento

Julinha ou Julie (é assim que a chamamos), eu poderia lhe dizer muitas coisas, mas acho que palavras não são suficientes.

O que posso dizer é que tenho muito orgulho de ter essa irmã tão querida e amada por todos; onde você passa fica uma lembrança boa misturada com a saudade. Você é o perfeito equilíbrio entre a doçura e, às vezes, a falta de paciência, mas sempre muito sincera e ainda mais generosa e sensível.

Enfim, não sei se teria o adjetivo perfeito para dar conta de te descrever. Só queria dizer que Deus me deu como irmã uma pessoa linda, guerreira e, com certeza, vitoriosa.

Você será sempre meu orgulho! Siga em frente, você terá sempre meu total apoio, da sua irmã que te ama muito.

Juscelena, irmã.

6
Quando as raízes geram frutos

"A educação tem raízes amargas,
mas os seus frutos são doces."

Aristóteles, filósofo

CAPÍTULO 6 | QUANDO AS RAÍZES GERAM FRUTOS

Este capítulo eu quero dedicar ao "hoje". Embora tenha passado em minha vida por perdas e dificuldades das mais diversas, o lugar em que me encontro hoje é um lugar bom, um lugar cheio de aconchego e repleto de coisas boas. Na verdade, eu quero dizer que estou vivendo a minha existência, e não somente os momentos.

Durante a minha formação de *Coaching* CIS, eu aprendi que os momentos tais como festas, passeios, experiências sociais e bens materiais não são os sustentos para a felicidade, porque não são permanentes; o prazo de validade expira rapidamente. Os momentos são importantes para alegrar a vida.

Porém, quando a emoção passa, a realidade chega e, nesse instante, eu tenho que estar satisfeita com a minha existência.

Estar feliz no meu íntimo mais profundo é essencial para dar sentido a minha existência. Ser realizada com a família que eu construí, ter filhos felizes, amáveis, respeitosos, responsáveis com a sociedade; isso sim, é existência. Existência é saber qual é o meu propósito de vida. Eu nasci para impactar vidas e ser o catalisador para fortalecer famílias em relações fragilizadas. Consequentemente, ao viver o meu propósito, deixarei a minha contribuição para a sociedade.

Yes! Ser base, um dos pilares para uma família equilibrada, isso é existência. O amor é existência e não só um momento passageiro. Ser casada com um homem amável, amigo, pai protetor, excelente provedor do lar, isso é existência.

Deus, na minha vida, é existência. Eu sinto que Deus sempre me abençoou, e Deus vem me fortalecendo com sabedoria ao longo dos anos; isso sim, é existência. Acreditei e acredito mais ainda na existência de Deus quando tive a prova real da generosidade dele comigo.

No dia 22 de maio de 2019, sofri um infarto no baço. Aconteceu durante o voo internacional, ATL/GRU. Passando por uma dor profunda, eu pedi a Deus por mais uma chance. Não era a hora de partir, mas era tempo de rever e transformar tudo o que não fazia sentido. Voltar para a verdadeira essência da vida, à existência de Deus na minha vida.

Certa vez, ao contar minha história, enquanto falava sobre tudo que já superei até aqui, alguém me questionou da seguinte forma:

— Ju, você mudaria alguma coisa do passado?

— Não, não mudaria nada – respondi prontamente.

Eu respondi isso devido ao fato de que hoje eu sou feliz. Eu estou feliz por tudo que fiz e por tudo que vivi – sempre acreditei que tudo que percorri, por mais turbulento que tenha sido, cooperou para eu ser quem sou hoje.

Depois, parei um pouco para pensar e refletir com calma e cheguei à conclusão que tinha uma única coisa que, se um dia pudesse viajar no tempo e voltar ao passado para mudar, mudaria.

— A minha conexão com Deus.

Quando por volta dos 17 anos, em um momento delicado da vida, afirmei que "não tinha mais fé", me afastei do centro espiritual.

— Estar longe de Deus é a única coisa que eu mudaria no meu passado.

"Vulnerabilidade é incerteza, risco e exposição emocional[1]", afirma Brené Brown. Ao ler isso, entendi que podia me arrepender sim de algo. Que podia ser vulnerável sem medo. Concluí que o amor de Deus sempre foi muito abundante na minha vida e eu não queria ver isso. O meu orgulho não me deixava enxergar e apreciar o quanto Deus é magnífico e o seu amor é incondicional, independentemente da forma como pensamos ou agimos. Deus é a base que segura tudo em nós, Ele me passa essa segurança.

Eu acho que, se ao longo de toda a minha vida eu me senti insegura, foi porque eu não estava próxima de Deus. Eu queria ter tido mais compromisso com Deus e ter manifestado a minha fé a tantas pessoas que não creem em Deus. Ele sempre foi tão generoso e abundante na minha vida. Como eu pude ter o seu amor por todos esses anos e não perceber? Estava evidente em todas as transformações incríveis que vivi.

A minha cunhada e comadre Bel foi uma grande influenciadora para que eu me reconectasse em Deus. Durante a recuperação pós-infarto, eu fiquei com muito medo de voar. Mas para voltar do Brasil aos Estados Unidos, eu precisava ter coragem de voar novamente. E ela foi a grande chave para a minha transformação e aproximação com Deus.

— Como foi possível eu ter sido tão orgulhosa por tantos anos?

Todos os momentos bons (vivê-los) e ruins (superá-los) só foram possíveis porque eu tinha Deus ao meu lado, na verdade, ele nunca saiu do meu lado.

---

1 *A coragem de ser imperfeito*. Brené Brown. https://books.apple.com/us/book/a-coragemde-ser-imperfeito/id691334979.

Para mim, Ele é o alimento da vida – o melhor dentre todos. Com Ele posso alimentar-me com o amor, com o perdão e com a estabilidade emocional. Deus é aquele que me provê o alimento para eu me compreender como ser humano... me afastar de Deus é a única coisa que eu teria mudado com certeza.

Hoje eu não sou mais aquela Juju do passado. Não! Eu sou agora uma "nova" Julie. Uma Julie que ressignificou seu passado, fincou novas raízes, dessa vez em solo fértil e que agora vem colhendo os frutos do seu plantio.

Após ler o livro *A boa sorte*, de Alex Rovira e Fernando Trias de Bes, eu aprendi que existem duas formas de definir a sorte. E assim, eu dou significado a minha boa sorte!

A sorte é casual, ela é remota, e pode ser também decepcionante, pois ela tem várias maneiras de acontecer a seu tempo, e o tempo não tem preço, se é que a sorte chegará um dia da forma exata como planejo os meus sonhos.

Em contrapartida, a "boa sorte" flui rápida, mas a seu tempo ela acontece como eu penso, como planejo, eu a faço acontecer sem esperar pela dita "sorte". Eu sou merecedora de experiências extraordinárias, mas tenho que percorrer o caminho e o preparar com ladrilhos bem encaixados e bem lapidados, para que a estrada seja suave de percorrer ao encontro da "boa sorte".

Eu aprendi que as retrospectivas da vida são fundamentais para o meu avanço pessoal e para o crescimento profissional também. Saber validar o passado é essencial para acontecer mudanças e impactar o meu futuro e, mais ainda, saber criar condições para que os meus sonhos aconteçam da forma desejada e tão sonhada. Os obstáculos fazem partes dos merecimentos. Toda "boa sorte" na vida tem o seu preço e seu tempo.

Assim, foi como eu construí a "boa sorte" na minha vida. Ela é consistente, ela não falha nunca, pois depende somente das condições que eu crio para que ela aconteça. Eu não espero a sorte vir em minha direção, mas sim vou ao caminho que eu desejo descobrir. Por isso, eu sei que é possível viver a "boa sorte".

Os meus sonhos são ilimitados, eu vivo criando oportunidades para exercitar a minha capacidade de sonhar em busca da "boa sorte". Não deixo a minha sorte acontecer ao acaso.

Essa mudança em minha vida iniciou-se aos poucos, mas só se concretizou realmente depois do nascimento dos meus filhos. Depois que me tornei mãe, tudo mudou. Muitas coisas boas aconteceram em minha vida, o meu casamento, por exemplo, foi algo muito importante em minha vida; ainda assim, eu não me sentia completa, não me sentia feliz por inteiro.

> O casamento somente, sem filhos, seria como um lugar paradisíaco desabitado na Terra. Um espaço com campanas, árvores frondosas, clima agradável, pássaros que planam em vegetações das mais coloridas, mas sem ninguém que o povoe, sem ninguém estar lá para dar significado àquilo tudo, um lugar paradisíaco que ninguém poderá aproveitar.

Ser você é ser raiz

Foi nesse exercício de ser mãe que comecei a ter parâmetros do que é "ser bom" ou "ser ruim". Para além de ser uma boa ou uma má mãe, levei esse aprendizado para os meus parâmetros como pessoa, como ser humano.

Eu estava a todo tempo me cobrando: como mulher, como irmã, como mãe, como esposa, como amiga. "Será que estou sendo boa?", era uma questão que vivia a me atormentar, era algo que trazia para minha mente uma tempestade de pensamentos ruins e que me deixavam tensa. Eram constantes dentro de mim essa tensão, essa insegurança e essa cobrança para ser sempre boa, perfeita.

Hoje aprendi outras formas de ver o mundo e de ver a mim mesma, eu me descobri em outros aspectos, vi que essa crença de incapacidade que existia dentro de mim era algo que não devia mais existir e falei:

— Eu tenho que parar com isso! Porque eu sou realmente boa e ponto!

Basta olhar para os meus filhos que vejo isso refletido na qualidade de seres humanos que se tornaram.

Com o passar dos anos, e com meu amadurecimento como mulher, consigo agora lidar melhor com isso, consigo perceber os momentos em que não estou sendo boa e lidar com a minha consciência acerca disso.

Aprendi muito desde o nascimento dos meus filhos, e com eles aprendo sempre. Quando vivi as duas depressões pós-parto, ao me dar conta de que não estava bem, busquei um profissional, um psicólogo para me ajudar. Claro que foi uma fase ruim, até a parte de procurar a ajuda foi ruim. Mas eu queria melhorar, e foi essa vontade, essa convicção que me levou lá.

> Um ser humano que é "bom" não é somente aquele que acerta sempre, mas sim aquele que está em constante busca da evolução para ser melhor.

Quando percebi isso, obtive um discernimento maior das coisas, do que era ser uma boa mãe. Quando Thomas tinha seis meses, eu parei de amamentar e por um tempo fiquei me perguntando "será que estou sendo uma mãe ruim por que parei?", mas logo em seguida também surgiu "não, mas eu amamentei durante esse período e ele está bem!". Alimentar sentimentos bons, mesmo que às vezes os ruins estejam nos cercando é importante.

Ao procurar ajuda, comecei a construir meus parâmetros e saber que tipo de mudança precisava fazer para sair de uma depressão. Eu perguntava a mim mesma e eu mesma respondia; nesse diálogo interno, consegui melhor consciência das coisas. Eu queria manter meu casamento. Abrir falência da minha família não era opção, e fui colocando os pesos na balança.

Primeiro, um homem ruim teria desistido ali mesmo.

Segundo, será que existia um problema no casamento em si, ou será que o problema estava em mim?

Durante a depressão, a angústia criava uma tempestade de conflitos internos. E eu estava o tempo inteiro me culpando, ficava reclamando que o corpo estava mudando, claro que estava! Tinha tido dois filhos, depois de ter filhos, tudo muda! E ninguém mais do que eu, que trabalhei em um *spa*, deveria saber disso.

Eu me cobrava excessivamente por uma perfeição que não existe. Quando comecei a criar soluções e me cobrar menos, a primeira coisa que fiz foi buscar alguém para ajudar com as crianças nos fins de semana.

Para ser sincera, eu e meu esposo, nós dois morríamos de medo de deixar nossos filhos com alguém de fora. Somente a minha família, no caso, os meus pais adotivos (minha irmã mais velha e o meu cunhado) eram os únicos a quem eu confiava e me sentia confortável em deixar os meus filhos. Mas quando tive a Julinha, eu tive que contratar uma babá para nos ajudar aos finais de semana. E ela costumava dizer: "mas Ju, é para eu cuidar de você ou da Julinha? Você não me deixa cuidar da Julinha!". Na brincadeira, eu dizia que queria que ela fosse a minha babá. Muito tempo depois, nós nos tornamos melhores amigas. Tenho muito carinho e gratidão por compartilhar momentos da minha vida com ela.

Se eu era muito protetora com meus filhos? Sim, com certeza. Aos poucos, fui adquirindo maior confiança e percebi que ela estava bem, estava protegida e que nunca nada de mal aconteceria com ela – nada do que havia acontecido comigo; o abandono involuntário diante das dificuldades dos meus pais biológicos não se repetiria na vida dela ou dos meus filhos.

Foi um processo grande de autoconhecimento. De repente, vi em mim uma pessoa que ainda não conhecia. Era e sou uma mãe dedicada a eles. Quando pequenos, era daquelas de me sentar no chão e brincar com eles – que foram coisas que não me lembro ter tido na minha infância. Meus pais biológicos eu não lembro, eu não me lembro de tais experiências vividas. Os meus pais adotivos eram bem participativos, meu pai me ensinou a andar de bicicleta, brincar de bila e arraia[2], mas era um

---

2 Brincadeiras infantis: "bila" é o nome popular da bolinha de gude e "arraia", da pipa.

dia a dia atarefado e uma rotina com desafios demais para que pudessem nos dedicar mais tempo a essas coisas da infância. Eu queria proporcionar essa presença e dedicação aos meus filhos.

> O meu maior patrimônio é a minha família. E isso eu não dou, não troco, não vendo – esse é um patrimônio que não tem preço.

Claro que eu já tive algumas fases de casamento não tão boas, algumas situações que vivemos nas quais eu tentava ver os pontos positivos. Eu fazia uma lista mental de todas as características do meu esposo que se encaixavam nos valores que eu defini para minha vida.

Ao longo do tempo, e de acordo com as experiências que passei, fui atualizando meus parâmetros do que queria num relacionamento. Eu já tinha passado por outros relacionamentos não tão bons, e tinha uma referência do que não queria mais viver.

Um exemplo disso foi quando eu conheci o meu esposo. Logo que começamos a nos relacionar, eu disse a ele:

— Quero casar e ter filhos – assim mesmo – fui direto ao assunto.

E disse ainda:

— Se você não quer casar e ter filhos, você não será o homem para minha vida. Não vou perder nem tempo.

Ele entrou a bordo dessa viagem sabendo aonde eu queria chegar. O meu sonho sempre foi ter a minha família, sempre foi isso! Sabia então que meu relacionamento precisava ser com alguém que fosse buscar isso comigo.

Ser você é ser raiz

> Você tem que ser clara com você mesma sobre o que quer, e não pode desistir dos seus sonhos.

Quando comemoramos três anos de namoro, cheguei a ele e disse:

— Ou a gente casa ou a gente separa, pois eu tenho planos em construir uma família.

O que eu queria para minha vida era: casar e ter filhos.

Todos os dias aparecerão obstáculos para nos impedir de alcançar nosso sonho. Todos os dias existirá um novo desafio – mas isso não pode nos deixar fragilizados. Se for preciso, temos que buscar ajuda.

Há pessoas que às vezes sentem dificuldade para pedir ajuda e, quando aparecem os obstáculos, vão cada vez se afastando mais de seus sonhos – mas a ajuda é uma necessidade muito bem-vinda. Livrar-se do orgulho é libertador e fortalecedor. É deixar asas nascerem para um novo ser.

> Ninguém é super-herói sozinho. Até os super-heróis precisam de outros heróis.

Se pararmos para pensar, todo mundo precisa da ajuda de alguém. O Superman precisa da Louis Lane, o Batman precisa do Robin e do mordomo. Se eles são heróis, é porque sabem buscar os outros para ajudar a combater os desafios que sozinhos não vão conseguir.

Durante toda minha vida, eu busquei super-heróis que me ajudassem a superar qualquer obstáculo que estivesse na frente dos meus sonhos.

Para mim, ter uma família não significa apenas ter o título de "casada" ou de "mãe". Eu quero o título de "feliz com a existência". Falo com segurança que hoje sou feliz. Eu sou feliz matrimonialmente, sou feliz como mãe, por isso me considero uma mulher feliz.

Meu marido costuma falar para mim algo que me valoriza como mulher. Ele diz assim: "Amor, muito obrigado por fazer essa parte da minha vida especial. Você eleva a minha nota sempre a mil!".

Se hoje estou nesse lugar de felicidade, apesar de tudo que passei, foi porque não desisti dos meus sonhos, não desisti de perseverar para manter meu casamento, manter minha família sólida, dar uma boa educação e uma boa vida para meus filhos.

Mas é claro que os desafios continuam aparecendo, eles vão aparecer sempre. Quando meu esposo recebeu uma nova posição no trabalho e precisamos mudar nossas vidas para Atlanta, tive que me virar nos 30 para fazer tudo dar certo, tive inclusive de me afastar dos meus relacionamentos e das amizades que tinha feito com as pessoas de onde morávamos, tive que ressignificar novas amizade em Atlanta.

> Ao longo da vida, temos que fazer escolhas, e são os valores que construímos e que trazemos desde o início da vida que serão fundamentais para o sucesso das escolhas da nossa vida. Quanto mais tarde deixar para rever seus valores e mudar conceitos, mais difícil será para você internalizar e transformar aquilo que já está enraizado.

Imagine uma pessoa que nunca se importou com alimentação e, ao chegar aos 46 anos, decide que "a partir de hoje eu serei uma pessoa saudável".

Não é impossível alguém mudar os valores e parâmetros de vida, porém será mais desafiador aos 46, será com certeza mais difícil traçar um caminho e atingir metas do que era quando tinha 15 ou 20. Eu tracei os valores que eram importantes para mim e até hoje procuro ter compromisso com eles, tento segui-los.

Claro que a vida não vai propor sempre as mesmas coisas, a vida é uma mudança constante e tudo muda o tempo todo. Em instantes, tudo pode mudar. E as mudanças são fundamentais para a evolução – não só como ser humano - mas a evolução do que você quer para sua vida também é importante, o que você escolheu ser.

Julie Carroll

> Charles Darwin fala que "se você não é adaptável, *I'm sorry*[3], você vai morrer". A adaptação é um instinto humano.

Eu escolhi ser mulher, ser casada, ser mãe e fazer com excelência tudo que faço, e o fato de eu ter uma família estabilizada me dá 100% de certeza de que sou uma mulher de sucesso no que faço na minha essência.

Não sou perfeita. Mais uma vez eu digo que não existe perfeição. Mas a vida que eu tenho é perfeita para mim do jeito que é. Por exemplo, algumas mães só estão satisfeitas se os filhos estiverem com nota A em tudo, precisam tirar 100 em tudo, fazer três a quatro esportes, fazer cursos extras disso e daquilo, a criança sai de casa de manhã e vai dormir umas 9h da noite! Brené Brown diz algo muito certo: "O que somos ensina mais a uma criança do que o que dizemos, portanto precisamos ser o que queremos que nossos filhos se tornem[4]." Para que eu não me perca da minha família, me pergunto sempre: "Existe, na vida da minha família, um momento de conexão genuíno?".

No último dezembro, durante a ceia de Natal, eu parabenizei meu filho Thomas diante de todos os familiares que estavam presentes no jantar. Eu disse a ele: "Meu filho, eu queria parabenizá-lo por este ano que você está sendo cada vez melhor como filho, carinhoso, responsável, sempre disposto a ajudar o próximo, sempre preocupado em como os seus amigos estão se sentindo, sempre disposto a ajudar. Então queria parabenizá-lo por isso, porque cada vez mais

---

3 Me desculpe, sinto muito, em tradução para o português.
4 *A coragem de ser imperfeito*, Brené Brown.

você está me surpreendendo nos aspectos da vida, inclusive na área estudantil. Meu amor, este ano você está *top*[5]. Tão *top* que tudo que eu pedi está acontecendo. Sou muito grata! Você está sendo um estudante fenomenal, mas não só por isso, porque você é um estudante de 16 anos. E pensei que seria mais desafiador educar você nos tempos modernos".

Sem ter tido uma base sólida, eu faço o melhor que sei fazer. E a cada dia tento melhorar a minha habilidade em ser mãe. Essas coisas que disse a ele são coisas que me fazem reconhecer que sou a mãe presente na vida dos meus filhos, como sempre quis ser.

Ver o sucesso dos meus filhos, a felicidade e o crescimento deles, me faz muito feliz, me faz perceber a excelência do meu trabalho, do meu papel de mãe. Mesmo diante de tantas imperfeições e falhas como ser humano, pratico diariamente o meu compromisso em ser mãe.

UM POEMA ÀS MÃES

Mãe,
A palavra que acalenta ao ouvir e falar.
A palavra que gera sentimento só em pensar.
O amor que representa a segurança e o bem-estar.
O símbolo da dedicação e renúncia.
Mãe, lição de vida e de perseverança.

Mãe, a que está nas manhãs corridas, nas madrugadas acordadas e nas noites em vigília para assegurar que tudo vai passar.

---

[5] O ponto mais alto, atingir o ápice – expressão em inglês utilizada como forma enfática de elogio.

Julie Carroll

Mãe,
O pilar do socorro e da proteção.
O pilar da generosidade e da compaixão.
O pilar dos desafios e das vitórias.
O pilar do perdão infinito.
O pilar da motivação para enfrentar desafios da vida.
Mãe, você será sempre o anjo enviado por Deus para completar a ligação entre o mundo de possibilidades e o horizonte da esperança.

Há anos eu resolvi ser mãe. Só que agora estou num momento em que os filhos estão deixando o ninho. Meu filho vai para a universidade e a filha irá poucos anos depois. Falo com sinceridade que isso começou a me deixar insegura, incerta do que vai ser de mim.

A ideia de não ser mais "mãe em tempo integral" me deixou um vazio e um pensamento de "caramba! O que vou fazer da minha vida?".

Como eu acredito que o ser humano pode sempre crescer e que deve buscar evoluir, eu pensei "tenho que investir em mim agora!". Se eu não investir em mim, vou ser uma pessoa infeliz, uma pessoa que fez o mesmo papel a vida toda e não sabe mais qual o próximo passo a dar.

Meus filhos vão para a universidade. O que vai ser de mim? O que vou ficar fazendo o dia todo? O que eu sou?

É exatamente essa a descoberta que estou fazendo em mim agora. Estou fazendo uma autoconcepção da minha vida; esse momento está sendo um marco para mim. Estou agora me dando conta de quem é "a Julie".

Estou fazendo cursos como *Life Coach*, escrevendo sobre minha trajetória e me descobrindo, fazendo uma análise tão profunda e tão boa de se viver. Porque, ao longo da minha vida, eu plantei muitas coisas boas; acredito que chegou a hora de colher.

Se eu esperasse ficar mais velha, esperasse meus filhos saírem de casa para começar a fazer esse estudo de mim mesma, e de repente entendesse que tinha coisas que deveria mudar, a mudança seria mais difícil e dolorosa.

Se hoje estou onde estou, foi porque criei uma base muito sólida, foi porque escolhi muito bem o solo onde plantar minhas raízes e fiz uma boa semeadura. Acredito nisso pelos resultados que se apresentam e por me sentir plena.

Agora estou numa nova fase da vida, buscando me encontrar como profissional e me redescobrindo de diferentes formas. Estou apostando e investindo mais em mim.

Vencer todos os obstáculos que enfrentei e chegar até onde cheguei hoje não foi algo fácil.

> Mas o pensamento que tinha lá no início da minha história, de que você tem dentro de si o que precisa para alcançar seus sonhos, prevalece. Disse uma vez e repito: há uma luz no final de todo túnel, mas você tem que buscá-la.

E jamais ficar esperando que venha até você. É preciso correr em direção aos seus objetivos. Nada de ficar parado esperando que tudo aconteça sozinho. Todos nós podemos escrever sonhos e realizar sonhos que parecem impossíveis para alguns, mas lembre-se: jamais será impossível para Deus. A fé te move até o impossível, portanto nunca mire para baixo, pois aqui já estamos.

Ter dificuldades e deparar-se com desafios é normal, mais do que isso, é certamente inevitável. Não esqueça: você terá sempre muitos super-heróis à disposição para transpor qualquer barreira.

Não se engane, por mais turbulento que seja o caminho, por mais incerto o solo de pouso e por mais nevoado que esteja o destino, você não pode desistir de chegar lá. Seu sonho vale a pena ser vivido.

Sabe quando uma criança se recusa a provar uma comida e mesmo assim diz que não gosta? Tal qual é desistir de um sonho por medo de não conseguir alcançá-lo.

Imagine só que existem voos muito turbulentos, mas se eu não embarcasse no avião e tivesse ido até lá, como eu saberia que a África do Sul é tão maravilhosa?

Você precisa viver o seu sonho para saber quão bom ele é. É preciso passar por algumas turbulências para aproveitar o destino. Não pode dizer que uma coisa não vale a pena o esforço antes de viver a experiência concretizada.

Como eu disse, não mudaria a minha história porque, apesar de nem tudo ter sido flores, de tudo eu colhi frutos, uns doces e uns amargos, as experiências foram válidas para alicerçar a fortaleza que hoje é minha família.

A família de que tanto me orgulho e que existe hoje deve-se ao fato de que eu tive critérios sólidos para escolher um companheiro que tivesse os mesmos valores que eu, e que sonhasse comigo o meu sonho. O sonho de cada um se transformou em nosso sonho.

Meu sonho sempre foi minha família, mas se eu conhecesse um homem que não tivesse essa intenção ou desejo e continuasse insistindo nele, eu não estaria vivendo meus valores. Estaria deixando de lado quem sou, estaria enfiando na gaveta os sonhos que possuía e que esperava vivê-los.

As dificuldades virão, mas você precisa apenas vivenciá-las para conseguir superá-las. Você precisa, antes de tudo, ser fiel a si mesmo e ao que acredita.

Bons sonhos! Faça sua "boa sorte"! Seja bom e boa com você mesmo(a)!

Ciclo de vida

Lembro-me de uma situação há 15 anos, em que alguém chegou para mim e disse a seguinte frase: "será que você vai ser sempre uma sombra para seu marido?".

Essa foi uma afirmação que poderia ter me chateado, mas, enquanto era dita, ao mesmo tempo pensei que se alguém procura a minha sombra é porque decerto que estaria sendo uma árvore muito boa para se encostar.

Olha só meu pensamento: ao nos depararmos com uma árvore mirrada, sem folhagem e sem frutos, vamos logo entender que aquela é uma árvore que não é próspera, ela não vai conseguir suprir as necessidades de ninguém, ela não tem nada a oferecer – nem mesmo uma sombra para alguém descansar e refazer as forças. Quem quer ter árvores como estas no quintal?

Para você ser sombra para alguém, precisa ser uma árvore muito extraordinária. É muito profundo isso de prover para alguém a sombra e o sustento necessário para aguentar qualquer estação.

Meu marido é um executivo em uma indústria americana, um excelente e bem-sucedido executivo. Mas, quando nos conhecemos, ele não estava no patamar que está hoje. Se não tivesse ao lado dele uma pessoa sólida, com visão positiva e disposta a construir raízes sólidas, seria mais difícil tudo. O futuro é imprevisível, e nada é certo na vida. Mas quem sabe como seria e estaríamos hoje?

Hoje se temos uma família sólida e uma vida financeira segura, é porque ele encontrou a sombra de que precisava para prosperar e eu tenho muito orgulho de ser essa sombra.

Ser você é ser raiz

Eu sou feliz em ser a sombra para muitas pessoas. Quem precisa de sombra, cola em mim que é sucesso. Mas somente se você acreditar que pode fazer acontecer com o seu jeito de ser.

Eu gosto de ser essa pessoa. Gosto de oferecer aos outros o aconchego, de oferecer conforto. Não tenho em mim a necessidade de mostrar que posso, mas sim mostrar o meu potencial. É uma característica minha básica. Para mim, ser essa sombra é algo que me é confortável e fico feliz de poder oferecer isso a muitas pessoas, inclusive para meu marido.

> Até o super-herói precisa, ao final de um dia inteiro salvando o mundo, deitar-se na sombra de uma árvore frondosa.

Semeando

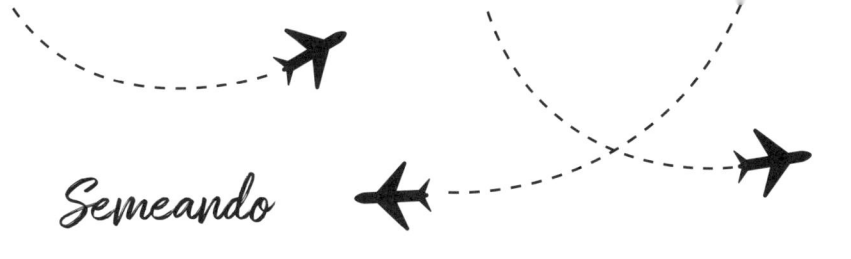

Se no capítulo anterior falei do lugar no qual as minhas raízes reencontraram lugar para crescer, neste falo sobre o lugar em que me tornei raiz para início de conversa: a cidade de Fortaleza, no estado do Ceará, no país tropical, Brasil.

Já visitei cerca de 60 países. Viajei e viajo muito. Sou figurinha carimbada nos aeroportos e amo conhecer novos lugares e culturas – aliás, já fui em lugares dos mais exóticos, já vi de (quase) tudo que há para se ver por aí. Mas em nenhum desses lugares pelo mundo, eu vi um povo como o brasileiro, cearense.

> Eu precisei visitar 60 países no mundo para descobrir a riqueza que é o estado do Ceará/BR. Se todo brasileiro soubesse de tudo que se passa na terrinha do sol, não iria mais sair – iam todos querer viver a cultura cearense.

Caramba! Quantas riquezas maravilhosas há no Ceará! Encantam-me as praias e lugares paradisíacos, mas me encantam ainda mais as pessoas. Quantas pessoas inteligentes e que cultura forte! O Ceará é um berço de obras de arte – senão uma obra de arte em si. A energia das gargalhadas e do sol que permanece nesse lugar é algo incomparável. Só indo lá para acreditar.

Um dos aprendizados mais fortes que vivi em minha cidade natal é a importância de seu povo. Um povo que é família, um povo que é dedicado, que gosta e investe no estudo, um povo hospitaleiro. Uma gente que adora ser alegre e que vive tudo com muita emoção, que sabe dar valor ao que realmente importa e que preza pelos valores familiares.

Tenho muito orgulho de ter saído para o mundo, sendo cearense.

Hoje estou num lugar em que nunca tinha pensado estar. A Julinha que sonhava em sair da sua cidade para ganhar o mundo ganhou mais que o mundo; vai e volta para onde quiser, na hora que quiser.

Se eu, Julie, pudesse hoje mandar um recado para aquela Julinha do passado, acalmaria seu coração dizendo a ela "ei, Julinha, você conseguiu! Você cresceu e você é realmente fodona!".

E penso que, se aquela Julinha pudesse olhar para o próprio futuro e ver o agora, ela ficaria não só feliz de ter conseguido conquistar tantos dos seus sonhos; com certeza, teria muito orgulho e gratidão por ela não ter desistido de nenhum.

Conhecer a Julie foi a maior viagem de Julinha.

Ela sou eu!

Raízes em movimento

Meu amor, obrigado por fazer minha vida completa de tantas formas. Você é minha melhor amiga, amante, confidente, mãe dos nossos filhos e alicerce da nossa família. Você é a paixão e força motriz no nosso relacionamento. Você me ajuda a ver e sentir o mundo de maneiras que eram desconhecidas para mim.

Eu quero passar o resto da minha vida com você sendo a primeira pessoa que eu vejo quando eu acordo e a última pessoa que vejo antes de dormir.

Te amo para sempre.

Bill, marido.

Eu não consigo nem começar a pôr em palavras tudo o que você fez por mim, mãe! Você me ensinou a ser mais paciente, compassivo e organizado. Você faz sacrifícios todos os dias para que eu e a Julia possamos estar mais confortáveis.

Parabéns pelo seu livro! Eu sei que todo o trabalho duro e horas que passou trabalhando vão valer a pena!

Eu te amo, mãe, sempre e para sempre.

Tommy, filho.

Essa vai para minha mãe. Minha mãe é muito bondosa e doce. Quando eu era uma criança, eu a coloquei em muita pressão e me senti horrível por isso por um tempo. Não tenho ideia de como ela é tão organizada.

Minha mãe me ajudou em tudo e esteve sempre ao meu lado. Ela é tão solidária com tudo que eu quero buscar na minha vida. Eu realmente não tenho ideia do que faria sem ela! Na verdade, eu nem existiria se não fosse por ela. Minha mãe me ensinou praticamente tudo que eu sei até hoje.

Eu amo você tanto mãe, e eu não trocaria você por nada no mundo!

Juju, filha.

EPÍLOGO

Sempre que vou entrar no palco, gosto de antes conversar com Deus – especialmente quando vou estar frente a públicos numerosos quanto esse que vou já palestrar.

Já se passou um ano depois do lançamento do meu livro e cá estou, terninho devidamente passado, maquiagem delicadamente aplicada, sapato de salto que equilibra perfeitamente o *look*[1], para arrematar.

Estou aqui procurando um lugar mais reservado, mais tranquilo e afastado da loucura que ficam os bastidores antes de um evento grandioso e, enquanto perambulo pelo salão ainda vazio, ao observar as cadeiras e mesas postas, os técnicos que testam o som e a luz, vejo uma mesa com meus livros arrumados e dou um sorriso que preenche o rosto.

— Este é seu livro? – pergunta um rapaz que passava carregando material para o palco e parou quando me viu ali, em pé.

— Sim, é sim!

— Minha esposa leu! Ela disse que é muito bom e que eu deveria ler também. Acho que vou olhar quando chegar em casa.

Enquanto via o rapaz se afastar com o material, em questão de instantes um filme inteiro passou pela minha cabeça e me lembrei de quando comecei a escrever o livro ali exposto. Lembro-me de quando estava no meu quarto em Atlanta e tomei a decisão de contar minha história para o mundo.

---

[1] Neste sentido do texto, o *look* se refere ao visual por completo.

Ser você é ser raiz

É interessante ver como as coisas mudaram de lá para cá. Aliás, tudo muda o tempo inteiro e eu mesma, na realidade, mudei muito enquanto o escrevia. Eu não poderia deixar de mencionar que o mundo parou literalmente e tudo teve que se arranjar e desacelerar mediante à pandemia da COVID-19, que tomou tantas vidas e impactou tantas famílias. Algumas famílias se fortaleceram porque tinham fé de que tudo ficaria bem; outras, sem esperança, deixaram para trás o seu sonho.

Comecei a contar sobre minhas perdas de raízes, sobre todos os desafios que precisei transpassar – e terminei contando sobre os novos sonhos que sonhava naquele momento. A escrita do livro e as vivências que tive enquanto estava no processo me fizeram ganhar uma enorme clareza sobre a potência que tenho e que sou, como ser humano, como mulher.

> Sou uma pessoa que gosta de aconchego, que ama e se doa por completo – que não sabe estar pela metade. Sou uma pessoa intensa.

A esta altura, todos que leram já sabem o quanto sou uma pessoa sonhadora e determinada. Eu tive, durante a vida, vários sonhos e tracei vários planos – os quais, muitos deles alcancei com sucesso na vida adulta e, se tem algo que aprendi com minhas experiências do passado, é que você não pode desistir dos seus sonhos, sejam eles quais forem. Lembre-se, são impossíveis para alguns, mas nunca para Deus. Seja lá qual for a sua relação com Deus e sua crença.

Mas você precisa ter consciência total dos seus sonhos, conhecê-los e saber traçar as coisas que precisa fazer para que se realizem. Não acredite que pode sentar e esperar que tudo aconteça – não! Aprendi, em um dos cursos que fiz na Febracis, que você não pode viver um sonho sem que "pague o preço para viver o sonho". Esse preço está relacionado a todas as áreas da sua vida.

Se quer muito uma coisa, precisa ir até o final, pagar qualquer preço que ela te peça para que se realize, sem perder a dignidade. Se você não "pagar pra ver", nunca vai descobrir como é bom viver aquilo. Eu te asseguro que tenho vivido experiências incríveis na minha vida porque paguei para viver.

Quando comecei meu relacionamento com meu esposo, ouvi muitas pessoas comentarem que "como vai namorar um americano? Como vai manter um relacionamento a distância?" e diziam todas as dificuldades que eu teria que enfrentar. Ao que eu disse uma vez, "você deixa eu pelo menos viver meu sonho?".

Como eu vou saber se é mesmo tão difícil, sem ir lá e pagar para ver? Tudo na vida é difícil – nada acontece sem ação, sem o querer. Mas se colocar na sua cabeça que não vale a pena porque é difícil, então o difícil deixa de ser merecedor da felicidade?

Nada do que fiz foi "fácil". Nem mesmo escrever este livro foi fácil. Mas é assim com tudo na nossa vida. O mais "difícil" mesmo é quando você se estagna e não dá nem o primeiro passo – e, aí sim, é difícil, é quase impossível, eu diria.

Mesmo as mudanças mais difíceis, os desafios mais complicados e os obstáculos mais pesados, são importantes nas nossas vidas e são eles que nos fazem merecedores de nossa felicidade.

Ser você é ser raiz

Eu fiz a escolha de estudar, me especializar e ser profissionalmente capaz de ajudar relacionamentos que estejam passando por conflitos. Ajudar casais em relacionamentos desajustados ou desalinhados, pais a se resolverem com filhos, irmãos ou amigos que estejam com discordâncias que causem problemas.

Tenho como objetivo também fortalecer outras mulheres, mulheres que passam por tumultos e turbulências, como eu passei, e ajudar a fortalecer a autoestima delas. Trabalhar com a fortaleza e a estrutura fundamental que é uma mulher dentro da sua família.

> Uma mulher que se conhece, que está bem consigo e sabe que pode atingir seu potencial máximo – essa mulher pode tudo, ela passa por qualquer coisa.

Saí de meu devaneio, encontrei um lugar calmo e agradeci. Agradeci a Deus por aquele momento, por tudo que me proporcionou durante toda a vida e que me permitiu chegar até aqui. Tenho esse sentimento de gratidão, sempre tive e isso é uma constante até hoje.

> E eu sou grata até pelas menores coisas: por todas as pequenas sementes que plantei durante todo o caminho, no meu relacionamento, na educação de meus filhos, em tudo.

Se faço a diferença no mundo, e eu acredito que faça, é por ter plantado em mim a gratidão e, sempre que posso, retribuo ao mundo tudo que ele me deu – ao ajudar financeiramente um familiar, ao dar conforto e aconchego para quem precisa ou ao compartilhar minhas experiências.

Não se chega em lugar nenhum da vida sem ajuda de outras pessoas e, ao chegar lá, ao se ver no topo, não dá para simplesmente se esquecer de tudo e de todos que o ajudaram a construir esse alicerce. A gratidão da alma precisa surgir na vida, ao se encontrar com o outro que precisa.

Enquanto imersa em minhas reflexões, nem percebi a hora passar e, de repente, alguém me chama dizendo que está chegando o momento de iniciar a palestra.

Eu me levantei ainda sorrindo com as boas lembranças e a conversa franca que tinha tido comigo mesma e com Deus. Fui até o palco, peguei meu livro nas mãos e olhei com carinho, como se olhasse no espelho, mas vendo a Julie de agora.

E, como se ela pudesse me ouvir, sussurrei:

> Eu não te falei que era possível? Eu te disse!
> Você arriscou, você "pagou o preço"
> e agora está vivendo seu sonho.
> Eu te disse que ia conseguir, Julie!

Hoje, as cortinas que se abrem à minha frente não são mais as mesmas, mas o sentimento de imensa gratidão, este permanece intacto.

Galeria de fotos profissionais

Julie Carroll

Ser você é ser raiz

Julie Carroll

Ser você é ser raiz

Julie Carroll

SOBRE A AUTORA

Eu, Julie Carroll,

Life Coach perita no atendimento para casais e mulheres, tenho como compromisso capacitar mulheres nos campos pessoal e profissional. Para tal, trabalho em colaboração com a Febracis, o maior e mais respeitado instituto de treinamento para *Coaches* do mundo, onde me aprimorei pela minha própria jornada de vida, dos meus desafios, minha autorrealização, meus relacionamentos, vitórias e perdas.

Embora já tenha residido em três países e visitado em viagens cerca de 60, a cidade de Atlanta, na Geórgia, nos EUA, é hoje a minha casa e assim tem sido há 20 anos, onde moro com meu marido, meus dois filhos (Tommy e Julia) e a nossa cachorrinha, Joy.

De todas estas experiências ao redor do mundo, acabei acumulando fluência em várias línguas.

Embora more em Atlanta, mantenho meus laços e cultivo minhas raízes no Brasil e pelo mundo, por onde passei e por onde deixei sementes.

Para mim, a capacitação pessoal, o crescimento e o sucesso estão assentados na consciência, paixão e intensidade, mas a essência está na inteligência emocional dentro da qual nos aproximamos de nós mesmos, experiências e de relacionamentos.

Essa filosofia e missão de vida são o combustível que impulsiona a minha jornada com cada cliente (*coachee*), pessoal e profissionalmente em direção à versão mais capacitada e produtiva de si mesmo.

Eu vivo com paixão, intensidade e responsabilidade em todos os pilares para alcançar uma vida plena. Foco na existência e no meu propósito de vida.

Como profissional, tenho o intuito de ajudar o meu semelhante, tanto que desenvolvi um método exclusivo para potencializar o emocional de cada mulher, chamado The DYFA. No programa, que tem a duração de oito semanas e reúne um grupo de mulheres, o foco é desenvolver o desejo por meio do yoga para potencializar a vida sexual e o amor na vida delas!

Trabalhando principalmente o corpo, o equilíbrio, a flexibilidade e o emocional da mulher, o método usa dinâmicas do *Life Coach*, do *Yoga Fit* e da Meditação Moderna de forma única e inovadora.

Ser você é ser raiz

Trazendo para a mulher a percepção corporal do estado atual, usando das PPS (Perguntas Poderosas de Sabedoria) e as ássanas (poses do yoga), o Método The DYFA gera, sobretudo, consciência de ser e estar. Consciência do que se quer atingir e, principalmente, de como chegar. Confira, nas próximas páginas, algumas poses do yoga e me conheça melhor por minhas fotos.

Meu *site*:
juliecarroll.com.br

Mentorias que realizo:
juliecarroll.com.br/mentorias

Galeria de fotos de yoga

Julie Carroll

Eagle Pose - Pose da águia - *Garudasana*.
Mulher-águia, prepare-se para voar alto!

Lotus Pose - Pose de saudação à lótus - *Padmasana*.

Goddess Pose - Pose da deusa - *Utkata Konasana* - é uma posição útil para construir energia externa e interna.

Reverse Prayer Pose - **Namastê invertido** - *Paschim Namaskarasana.*

Floating Lotus Pose - **Lótus flutuando** - *Padmasana/Tolasana.*

Ser você é ser raiz

Garland Pose - Pose de guirlanda, pose de agachamento - *Malasana*.

Meditation Silence - Silêncio de meditação.

Headstand Half Split - Inversão - plantando bananeira-
-*Parivrttaikapada Sirsasana* (ambas imagens).

Ser você é ser raiz

Tree Pose - Pose da árvore com um minuto de silêncio de meditação - *Vrikshasana*.

Half Pigeon - Pose meio pombo - *Ardha Kapotasana.*

Transition to Mermaid Pose - Transição para a pose da sereia - *Eka Pada Rajakapotasan.*

Downward Dog - Cachorrinho olhando para baixo - *Adho Mukha Svanasana.*

Ser você é ser raiz

Lotus Pose - Pose de lótus combinada com alongamento lateral - *Padmasana*.

Camel Pose - Pose do camelo - *Ustrasana.*

Bridge Pose - Pose ponte suspensa - *Setu Bandha Sarvangasana.*

Ser você é ser raiz

Plank Pose Knee To Elbow - Joelho para prancha de cotovelo - *Phalakasana* I.

Upward-Facing Dog - Cachorrinho voltado para cima - *Urdhva Mukha Shvanasana*.

Julie Carroll

Three-legged dog knee - Joelho de cachorro com três patas - Eka Pada Adho Mukha Svanasana.

Ser você é ser raiz

Transition to Head-to-Knee Pose - Transição, preparação para a cabeça ao joelho - *Janu Sirsasana* (ambas imagens).

Julie Carroll

Transition to Dancer's Pose - **Transição à Pose de Dançarina - *Natarajasana*.**

Ser você é ser raiz

Minute of silence in meditation.
Minuto de silêncio em meditação.

Julie Carroll

From top to bottom, minute of silence in meditation & Namaste.
De cima para baixo, minuto de silêncio em meditação
e Namastê.

Fotos:
Randy Lawrence

--
R. L.
rlphotography.co
770.400.0110